炉边独语

陶行知散文精选

陶行知　著

泰山出版社 · 济南 ·

图书在版编目（CIP）数据

陶行知散文精选 / 陶行知著. -- 济南 : 泰山出版社，2023.7

（炉边独语）

ISBN 978-7-5519-0779-8

Ⅰ. ①陶… Ⅱ. ①陶… Ⅲ. ①散文集－中国－现代 Ⅳ. ① I266

中国国家版本馆CIP数据核字（2023）第093920号

LUBIAN DUYU TAOXINGZHI SANWEN JINGXUAN

炉边独语： 陶行知散文精选

责任编辑 徐甲第
装帧设计 路渊源

出版发行 泰山出版社
社　　址　济南市泺源大街2号　邮编　250014
电　　话　综　合　部（0531）82023579　82022566
　　　　　出版业务部（0531）82025510　82020455
网　　址　www.tscbs.com
电子信箱　tscbs@sohu.com
印　　刷 山东通达印刷有限公司
成品尺寸 150 mm × 230 mm　16开
印　　张 13.75
字　　数 165 千字
版　　次 2023年7月第1版
印　　次 2023年7月第1次印刷
标准书号 ISBN 978-7-5519-0779-8
定　　价 39.00 元

凡　例

一、本书收录了作者的散文经典文章或片段节选，主要展现了作者的学术历程、情感操守，以及当时的时代风貌等。

二、将所选文章改为简体横排，以适应当代的阅读习惯。所选文章尽量依照原作，以保持文章的时代韵味，部分内容参照当下最新的整理成果进行了适当修改。

三、所选文章没有标题或者标题重复的，编辑时另行拟加或改拟。

四、对有些当时惯用的文字，如“的”“地”“得”“作”“做”“哪”“那”“吧”“罢”“化钱”“记帐”等，仍多遵照旧用。

目
录

为考试事敬告全国学子

口诵心维，日就月将。一学期之韶光，行且风驰电掣过去矣！今者暑假伊迩，吾人对于此将至未至之考期，其观念果何如乎？大概勤生多主乐观，惰生多主悲观。彼勤生兢兢业业，一日读一日之书，一时学一时之业。平日不虚度分阴，至考则不待楮墨，已有左券之操。更逆计前列之荣，师友之鉴赏，父母之宠幸，怡然意满，安得不乐乎？惰者则异是，平日惟宴安是娱，逸豫是耽。光阴宜宝贵也，而等于闲度；学业宜精思也，而苟于涉猎。至考则有落第之虞，更逆知点额之辱，师友之藐视，父母之责备，溯往自伤，而往者不可追，嗒然若失，又安得不悲乎？

然此二者，不足以尽将考时学子之态度也。夫畏辱恩荣，荣益求荣，人之情也。彼惰者之自悲，吾无间焉。所惧者，彼既以惰而荒业，复不愿自居下风，谓美名可以幸邀，令誉可以幸取。因畏辱心而生侥幸心，复因侥幸心而生谲诈心者，比比然也。彼勤者之有荣，吾之悦也。所惧者，溺于虚名，不自满足，自量才智不如人，犹殚思竭虑，求有以达其冠军之目的。始于一念之贪，终于欺诈之行，此又学子考试时通常之态度也。

噫！两军对垒而阴谋用，五洲互市而狡计生，考试之时有试探焉！试探维何？夹带也，枪替也。稍敛形迹者，则剽窃焉，耳语焉。其为名虽繁，其为欺则一。而所以陷溺之者，则不出畏、贪之二念。试言其害：

（一）欺亲师　事亲莫大于孝，事师莫大于敬。不孝不敬，莫大于欺。考以舞弊而前列，终非庐山真面目。师不及察，给以优分，是师见欺矣。考卷寄家，亲不及辨，以为是真吾儿之英隽，是亲见欺矣。欺师不敬，欺亲不孝，不孝不敬，是为败德。败德之人，不得志害身家，得志害天下。自来滔天罪恶，盖有始于此者矣。

（二）自欺　彼舞弊者，果得售其术耶？吾以为能欺父母，能欺师傅，而不能欺同学。彼不肖之流，固相与朋比为奸，而自洁之士，必贱其行，必耻与伍。常见弄术者，考试未完，人言已藉藉而不堪入耳。彼固欲假此以邀前列，不知及因此而遭同学之鄙弃，召同学之藐视。将以求荣，适以受辱；将以欺人，适以欺己，其愚亦已甚矣。

（三）违校章　行欺禁令，载在章程。学校之章程，学校之法律也。违背学校章程而行欺，是藐视学校之法律也，是违背学校之法律也，是以学生而为犯人也。学生将以正人者也，己不自正而欲正人，可乎？学生将以治人者也，己不自治而欲治人，可乎？学生将以引人服从法律者也，己不服从而令人服从，可乎？学生之位置，最高贵之位置也；学生之前程，最远大之前程也。以尊荣之学生，而行同偷窃，甘以身试法，不独行为不轨，亦且太自轻其身分矣。

（四）辱国体　其任专门大学中，教员有外人，学生有外人。吾华生之一举一止，一言一行，莫不为彼邦人士所注意。倘不慎而所安、所由、所以，皆未能出于诚，则彼外人行将以一斑而概全豹，慢谓吾“中华之大病在于不诚”。则诸君有何面目对于此大好山川乎？吾之为此言，非欲诸君之媚外也。吾辈既忝为共和之国民，则不可不有共和之精神。共和之精神维何？自由而已！西谚曰：“惟真诚为能令国民自由。”言行真诚，以保守扩张此铁血换来之自由，使外人对于中华民国皆存爱敬心，不起轻慢心，则吾人所当黾勉者矣！不此之务，而惟欺诈是尚，则不徒召外人之藐视，亦且失其共和国民之精神矣。

（五）害子孙　舞弊者岂仅一己行欺而已哉？其影响且及于子孙矣。生人之一举一动，皆印于神经系内。浅者霎时即没，深者历世不移，遗传而成本能。故父母惯于行欺，其恶根性之于子女，与生俱传。及长，子女可以不学而能欺。且孩童最易受影响人者也，父母之言行举动，子女多于不知不觉中被其激触，效而尤之。今日之学子，即他年之父母也。为学子而行欺，是不啻引将来子女之行欺矣。可不惧哉？

曰欺亲师，曰自欺，曰违校章，曰辱国，曰害子孙：考试舞弊之五恶德也。文文山曰：“读圣贤书，所学何事？”学欺亲师耶？学自欺耶？学违校章耶？学辱国耶？学害子孙耶？毋亦不大背圣贤之道，而违其莘莘求学之初心也。闻之“道德为本，智勇为用”，欲载岳岳千仞之气概，必先具谡谡松风之德操；欲运落落雪鹤之精神，必先养皑皑冰雪之心志。德也者，所以使吾人身体揆于中道，智识不致偏倚者也。身体揆于正道，而后乃能行其学识，以造人我之幸福；学识不致偏倚，而后乃能指挥身体，以负天降之大任。道德不立，智勇乃乖。故有勇无德，楚项羽所以有垓下之围；有才无道，盆成括所以有杀身之祸；智勇兼备而无德，拿破仑所以有拘囚之恨。世顾有无德而能善其终者乎？吾辈学子可以深长思矣！

且吾人今日，盖莫不以爱国爱人自任矣。对于吞赃纳贿，则重斥之；对于任用私人，则訾议之；对于运动位置，则鄙弃之。吾嘉其志，吾佩其言，然爱国者必遵守法律。今日不服从学校之法律，安望其他日服从国家之法律乎？爱人者，必推亲及疏。今日师傅之昵而欺之，父母之亲而欺之，己身之切而又欺之，安望其他日之能爱人乎？孔子曰："君子素其位而行。"（Perform your duty where you are.）今日之责不尽，安望其将来之尽责乎？况彼贪官污吏，其成也非一朝一夕之故。始于天性遗传之不良，继之以家庭教育之不良，继之以塾师教育之不良，终而入世，又复浮沉于不良之政府、社会中，习与性成，斯一举手而蠹国殃民。甚矣，始之不可不慎也！为学生而可求人枪替，为官亦可以金钱运动位置；为学生而为人枪替，为官亦可任用私人；为学生而夹带，而剽窃，而耳语，为官亦可吞赃纳贿。何则？履霜坚冰，其所由来也渐耳。故欲他日爱国爱人，必自今日不欺始。欺人欺己而自谓爱国爱人者，假爱也。亲且不爱，遑论乎疏？己且不自爱，遑论乎推己而爱人？

观彼行欺者流，鼠窃狗偷，畏首畏尾。未考之先，藏之惟恐不密；当考之时，袭之惟恐不速；既考之后，虑之惟恐不远。其用心殆可谓劳矣，而其结果乃如是之恶，则人亦何乐而为此？无如世道凌夷，俗尚欺诈，各校规则复未能严紧，加之教员多以得学生欢心，为保全位置计，见若不见，闻若不闻，弗敢穷究。驯致中人以下皆未免逐浪浮沉，习以为常，恬不为怪。不思其行为之鄙陋，反矜其运技之神速。噫！斯风不振，教育之前途何堪设想？敢以孔圣之言进告吾所敬爱之学子："过则勿惮改。"失之于前，改之于后，不失为颜回，不失为周处。若其徘徊歧路，不改前愆，则正邪不两立，清浊不同流。吾所敬爱之学子中，不乏洁身自好之士，所望毋惮权势，毋循私情，择善而行，见义而为。大声疾呼而忠告之，耳提面命而规谏之，忠告规谏之不从，割席与绝之；割席之不悛，鸣鼓而攻之，必达肃清之目的而后已。诸君，诸君！今日不能止同学之欺行，安望他日除国家之稗政，革社会之恶俗乎？挽狂澜而息颓风，是所望于诸君之力行。

《金陵光》第4卷第4期（1913年5月）

我的生活经历和今后打算

——致罗素的信

亲爱的罗素院长：

2月11日大札敬悉，甚为高兴。信中嘱我向利文斯顿奖学金捐赠人提交一份有关本人生活经历和今后打算的简要说明，我很乐意写此材料。

我现年22岁，出生在与外界几乎完全隔绝的徽州。幼年从父亲以及别的教师那里接受中国式的启蒙教育，直到14岁才进了一所内地会在华开办的学校，就学于吉布斯先生（Mr.Gibbs）门下，他是当时学校里唯一教授西学的教师。两年后该校因吉布斯先生回英国而停办。我只好怀着学医的念头冒险去了杭州。然而，由于进的那所学校对非基督徒学生有明显歧视，甚至反映在学习课程等问题上，三天之后我就退了学。失望地回到了徽州，专心于英语学习，直至次年。接着，我考入了南京金陵大学。令人高兴的是，金大对于基督徒学生和非基督徒学生均一视同仁。三年后第一次革命爆发了。我回到徽州，任县议会的秘书。干了半年，又返校继续完成学业。在校方的信任和同学们的协助下，我开始编辑大学学报的中文报。在包文博士（Dr.Bowen）和亨克博士（Dr.Henke） 的指导下，又深受詹克教授（Prof.Jenk）

的《基督教的社会意义》一书观点的影响，我于1913年成为一个基督徒。1914年6月，即入金大的第五年末，我获得了第一个学位。此后，在父母和友人的资助下，我赴美就读于伊利诺斯大学，在那里学习了一年，除了学到许多宝贵的知识，还获得一个副产品——文科硕士学位。在伊大的后半年期间，我担任学生俱乐部干事。

三年前，我就选择哥伦比亚大学作为自己在美国的最终目标，但此计划因经费不足而被暂搁下来。我的毕生志愿是通过教育而非武力来创建一个民主国家。在目睹了我们突然诞生的共和国的种种严重弊端之后，我坚信没有真正的公共教育就不可能有真正的共和国。去年夏天，在日内瓦湖举行的基督教青年会夏季会议上，我受到了极大的鼓舞。我毕生献身于教育行政的想法更为具体化了。遍览所有的大学，再次确认还是哥伦比亚大学师范学院对我最合适。但选择学校是一回事，有无足够财力入学是另一回事。由于我父亲1915年1月去世，整个家庭负担全都压在我的肩上，经济状况窘迫至极。幸亏在我决定进入哥大师范学院不久，我国政府便授予我部分奖学金，再加上其他资助，我才有足够的勇气起步。然而，纽约的生活费用比我预计的要贵得多。住了半年后，我便发觉囊中所有远不足以应付深造。因此，经孟禄博士（Dr.Monroe）惠意介绍，我得以申请利文斯顿奖学金，你又慷慨地授予了我。在此，除了表示本人的衷心感谢外，我愿向您以及利文斯顿奖学金捐赠人保证：在斯特雷耶教授（Prof. Strayer）的指导下，经过两年多的深造，我回国后将与其他教育工作者合作，为我国人民建立一套有效的公共教育体制，使之紧步美国人民的后尘，保持和发展一种真正的民主制度。它将是唯一正义与自由的现实的理想国。

如果您能提供一些住在本市附近的捐赠人的姓名，以便我登门拜访，本人将极感兴趣。

谨致以良好的祝愿！

尊敬您的陶文濬

1916年2月16日

于哥伦比亚大学哈特莱大楼1010号

原件存美国哥伦比亚大学师范学院

师范生应有之观念

鄙人承贵两校之嘱，来与诸君畅谈，不胜快乐。鄙人最喜同学生谈话，因十余年来，无日不做学生；即现在当教员，亦未尝不是做学生，盖不学则不能教。既为学生，则与诸君均为同志，同志相谈，自必非常快乐。诸君为师范生，所研究者为教育，而鄙人所研究者，亦为教育，尤为同志中之同志，所以更为快乐。诸君平日在校，已受良好之教训，故无庸鄙人多谈。唯是同志相聚，亦不可不有所研究，尚希诸同志加以指正为荷。今日所讲之题，即《师范生应有之观念》。

（一）教育乃最有效力之事业　教育能改良个人之天性，人之性情。教育能使恶人变善，善者益善。即个人性情中亦有善分子与恶分子，且善分子中亦含有恶。如爱乃性情中之善分子也，而爱极生妒，变善为恶矣。恶分子中亦含有善，如怒乃性情中之恶分子也，然文王一怒而善天下，用恶为善矣。教育乃取恶性中之善分子，去善性中之恶分子，如开矿然：泥内含金，金内亦杂有泥，开矿者取泥内之金，去金内之泥，然后成为贵品。教育亦若是矣。

教育能养成共和之要素。共和国有二大要素：一须有正当领袖，一须有认识正当领袖之国民。盖领袖有正当者，亦有不正当者。正当领袖能引导国民行正当之事业，不正当领袖能诱致国民行不正当之事业。故又必须养成能认识正当领袖之国民，领袖正当则从之，领袖不正当则去之。由是正当领袖之势日张，而不正当领袖之势日促。所以教育能巩固共和之基础也。

教育能传播非遗传之文化。人之语言非生而知之者，必由渐习而后能。然亦只能说一国之语，如中国人只能说中国语，而不能言德美俄日等国之语，如欲能言德美俄日等国之语，必由专习而后能。推而言之，世界文化无虑千万，皆父母所未能遗传者，而教育能一一灌输之。鄙人谓教育能造文化，则能造人；能造人，则能造国。今人皆云教育能救国，但救国一语似觉国家已经破坏，从而补救，不如改为造国。造一件得一件，造十件得十件，以至千百万件，莫不皆然。贫者可以造福，弱者可以造强。若云救国则如补西扯东，医疮剜肉，暂虽得策，终非至计。若云教育造国，则精神中自有趣味生焉。盖教育为乐观的非悲观的也。

教育为最有可为之事。古今名人莫不由教育而出，如达尔文、杜威、威尔诺刻等，皆由研究教育而出者也。但须有决心，有坚志，则成事何难。惟此尚是第二。我等第一要知人是人，我是我。天既生我，则必与我们一种为人所乐能为之能力，不然既有他何必有我。天既生孔子，万事皆孔子所能为，则又何必生我而为古人之一附属物？由此观之，则我等当自主，当自强，为我之所能办，不随人学步，庶不负天生我之意。教育既然如此，则我师范生当作何种之观念？以鄙人看来，男师范生与女师范生之观念当有不同。欧战发生后，德法发生一莫大之问题，因其平时男教师比女教师为多，一旦战争发生，国内乏男子担任教育事业，影响于儿童者甚大。中国亦如此，但美国、加拿大则不然，其小学教师皆以女子充当，其男子皆任兵役以卫国家，所以战争发生后教育依然不受影响。再，女子与儿童有天然亲爱之感情，非若男子之爱护儿童出于勉强也。但高等小学则有不同，因此须养成其进取勇敢之精神，激发其军国民之志气，故必利用男教师。此男女教师不同之点也。然其共同之点则在以教育为专门职业，地理、历史、哲学、医学、生理学等，虽皆为教育家所利用，而教儿童则非修专门之教育的科学不可。今世界上有四种教育家：一、政客教育家，藉教育以图政治上之活动。二、空想教育家，有空想而未能实行。三、经验教育家，以经验自居不肯研究理论。四、科学教育家，则实用科学以办教育者。中国现在教育家只有政客、空想、经验三种，但教育以科学教育为最要，故男女师范生当专心致志、抱定主义，以教育为专门职业，则何人不可几（及），何事不可为耶？

（二）教育乃一种快乐之事业　《论语》曰：“有朋自远方来，不亦乐乎。”非当日孔子言教育之快乐耶。孔子一生诲人不倦，至于发愤忘食，乐以忘忧，不知老之将至。现任教育者，无不视当教员为苦途，以其无名无利也；殊不知其在经济上固甚苦，而实有无限之乐含在其中。愚蒙者我得而智慧之，幼小者我得而长大之，目视后进骎骎日上皆我所造就者，其乐为何如耶？故办教育者之快乐，当在手续上而不在其结果之代价。换言之，即视教育为游戏的作业，作业的游戏也。至于劳碌动作以求结果之代价者，则宜摈弃于教育界外。

（三）各种教育之职业皆须视为平等　现在教员一般心理每以大中学校之等级高，高小、国民学校之等级低，于是以教大中学校为荣，而以教高小、国民学校为贱；不知大学要紧，中学要紧，而高等小学、国民小学、幼稚园尤要紧。以鄙人主张，凡大学中学小学之教员，国家需有同等之酬劳，社会须有同等之待遇。然常人心理多不明小学之紧要，师范生亦有不明此理者，由是他人固不以平等看待，即自视亦觉小学教员不如中学大学教员之价值，甚至去而不为，放弃其应做之职业。故欲救此弊，先须视各种教育之职业皆为平等。此师范生当注意者也。

（四）教育为给儿童需要之职业　教育者乃为教养学生而设，全以学生为中心，故开办学校，聘请教师无一非为学生也。若无学生，焉有学校？既无学校，焉有教师？然则教师与学生，焉可无同情耶？同情谓何？即以学生之乐为乐，以学生之忧而忧；学生之休戚即我之休戚，学生之苦恼即我之苦恼是也。鄙人曾参观一校，终日仅一见教师之笑，不可谓不威严矣。吾人若设身处地为其学生，必也视之如判官，为（如）阎罗，如芒刺之在背矣！此教师不能与学生同情之故也。现中国教师之大弊即在于此。此又我师范生所当注意者也。

（五）教育为制造社会需要之事业　教育为改造社会而设，为教育社会人才而设，故学校非寺院岩穴也，教员非孤僧隐士也。夫既为社会而设，若与社会不相往来，何以知社会之需要？中国前此之弊，即在于此，亦我师范生所宜注意者也。

（六）教育为师范生终身之事业　现在为教师者，男则因赋闲无事遂暂为之，女则因尚未适人而暂为之。事既得，家既成，则远翔而不顾：视办教育如用雨伞，雨则取以遮盖，晴则置之高阁；视居学校如寓客栈，今日寓此明日便去，虽有蚊蚤之为害，不过今宿，又何必大事（肆）驱除。教育中亦有害虫，教师之责所宜驱除，岂可以暂为，遂视同秦越而不作整顿之计耶？昔英女皇伊莉莎白终身不嫁，人问之故，辄以英吉利即吾之夫一语以对；意相加富尔终身不娶，人问之故，辄以意大利即吾之妻一语以对。故鄙人亦有二语告于诸君：即男师范生应以教育为妻，女师范生应以教育为夫。有此定力，则赴汤蹈火在所不辞，鞠尽瘁死而后已。吾身不成，吾子绍之；吾子不成，吾孙绍之；子子孙孙，世世代代，相继无间。海可枯而吾之志不可枯，石可烂而吾之志不可烂。西藏极西边、极穷苦之地也，有须吾办教育者，吾即往西藏而不辞。蒙古极北边、极穷苦之地也，有须（需）吾办教育者，吾即往蒙古而不辞。不要名不要利，只要教育好；不怕难不怕死，只怕教育不好。师范生乃负志者，故与别种学生不同。读书要当作教书读，求学要当作教学求。蚕食桑叶，消化而吐出能为锦绣之丝，师范生求学，亦当融会贯通而吐出有益于人之事业也。

以上所说皆属泛论，尚有一问题与诸君商酌，庶上说皆可解决而变为切实。曾子曰："吾日三省吾身。"诸君亦当自省：为何不入他校而入师范学校？岂为师范学校豁免学膳费而来乎？抑为求学之故无他校可入，不得不入师范学校乎？或迫于父母之命，不得已而入师范学校乎？将负大才能、抱大兴味而后入师范学校乎？假如因免学膳费、因无他校可入及因父母所迫而入，姑且无论。若因负大才能、抱大兴味，其将何以自待？吾见今日师范毕业者，有一部分人不办教育，或办教育而不尽心力者，皆由初未能自省也。然则以上所说均成空谈矣。鄙人此番之话，方为负大才能，抱大兴味而入师范学校者言之，望诸君皆注意焉。如有误谬之处，不妨指出纠正，实甚欣幸。

1918年5月讲

《行知研究》（1986年第2期）

生利主义之职业教育

自本社标解决生计问题为进行之方针，一般学者，往往以文害辞，以辞害意，误会提倡者之本旨。推其原因，多由于不明生计二字之界说所致。惟其不明乎此，故或广之而训作生活，或狭之而训作衣食。驯至彼一是非，此一是非。议论杂沓，莫衷一是。不徒反对者得所藉口，即办学者亦无所适从。其隐为职业教育前途之障碍。良非浅鲜。孔子曰："名不正则言不顺；言不顺则事不成。"故欲职业教育之卓著成效，必自确定一正当之主义始。

夫职业教育之成效，既有赖于正当之主义，则问何谓正当之主义。生活乎？衣食乎？抑生活衣食之外别有正当之主义乎？

生活主义包含万状，凡人生一切所需皆属之。其范围之广，实与教育等。有关于职业之生活，即有关于职业之教育；有关于消闲之生活，即有关于消闲之教育；有关于社交之生活，即有关于社交之教育；有关于天然界之生活，即有关于天然界之教育。人之生活四，职业其一；人之教育四，职业教育其一。故生活为全体，职业为部分；教育为全体，职业教育为部分。以教育全体之生活目的，视为职业教育之特别目的，则职业教育之目的何以示别于教育全体之目的，又何以示别于他种教育之目的乎？故生活之不能为职业教育独专之主义者，以其泛也。

生活主义固不适于职业教育之采用矣。衣食主义则何如？大凡衣食之来源有四：职业、祖遗、乞丐、盗窃是也。职业教育若以衣食为主义，彼之习赖子、乞丐、盗窃者，不亦同具一主义乎？而彼养成赖子、乞丐、盗窃者，亦得自命为职业教育家乎？此衣食主义之不适于职业教育者一也。不宁惟是，职业教育苟以衣食为主义，则衣食充足者不必他求，可以不受职业教育矣。此衣食主义之不适于职业教育者二也。且以衣食主义为职业教育之正的，则一切计划将趋于温饱之一途。此犹施舍也。夫邑号朝歌，墨翟回车；里名胜母，曾子不入。学校以温饱为宗旨，则束身自好者行将见而却步矣。此衣食主义之不适于职业教育者三也。凡主义之作用，所以指导进行之方法。若标一主义不能作方法之指针，则奚以贵？故衣食之可否为职业教育之主义，亦视其有无补助于职业教育方法之规定耳。夫学校必有师资，吾辈选择职业教员，能以衣食为其资格乎？学校必有设备，吾人布置职业教具，能以衣食为其标准乎？又试问职业学校收录学生，可否以衣食为去取？支配课程，可否以衣食为根据？衣食主义之于职业教育方法，实无丝毫之指导性质。有之，则吾不知也。衣食既不能为职业教育方法施行之指导，则其不宜为职业教育之主义，又明矣。此衣食主义之不适于职业教育者四也。不特此也，吾人作事之目的，有内外之分。衣食者，事外之目的也；乐业者，事内之目的也。足衣足食而不乐于业，则事外虽无冻馁之虞，事内不免劳碌之患。彼持衣食以为职业教育主义者，是忽乐业之道也。重其所轻，轻其所重。此衣食主义之不适于职业教育者五也。且职业教育苟以衣食主义相号召，则教师为衣食教，学生为衣食学，无声无臭之中隐然养成一副自私之精神。美国人士视职业教育与学赚钱（Learning to Earn）为一途，有识者如投威（Dewey）先生辈，咸以其近于自私，尝为词以辟之。吾国当兹民生穷蹙之际，国人已以衣食为口头禅，兴学者又从而助长其焰，吾深惧国人自私之念，将一发难厌矣。此衣食主义之不适于职业教育者六也。是故衣食主义为众弊之渊薮，欲职业教育之有利无弊，非革除衣食主义不为功。

衣食主义既多弊窦，生活主义又太宽泛，二者皆不适用于职业教育，然则果应以何者为正当之主义乎？曰，职业作用之所在，即职业教育主义之所在。职业以生利为作用，故职业教育应以生利为主义。生利有二种：一曰生有利之物，如农产谷，工制器是；二曰生有利之事，如商通有无之事，医生治病之事是。前者以物利群，后者以事利群。生产虽有事物之不同，然其有利于群则一。故凡生利之人，皆谓之职业界中人；不能生利之人，皆不得谓之职业界中人。凡养成生利人物之教育，皆得谓之职业教育；凡不能养成生利人物之教育，皆不得谓之职业教育。生利主义既限于职业之作用，自是职业教育之特别目的，非复如生活主义之宽泛矣，此其一。以生利主义比较衣食主义尤无弊窦之可指，故以生利主义为准绳，则不能生利之赖子、乞丐、盗窃与养成之者，皆摈于职业教育之外矣，此其二。学校既以生利为主义，则足于衣食而不能生利者无所施其遁避，此其三。父母莫不欲其子女之能生利，职业教育苟以生利为主义，自能免于施舍之性质，自好者方将督促子女入学之不暇，又何暇反加阻力乎？

此其四。职业既以生利为作用，吾人果採用生利主义以办职业教育，则生利之方法，即可为职业教育方法之指针，其此五。职业教育既以养成生利人物为主义，则其注重之点在生利时之各种手续，势必使人人于生利之时能安乐其业，故无劳碌之弊，此其六。生利主义侧重发舒内力以应群需，所呈现象正与衣食主义相反。生产一事一物时，必自审曰："吾能生产乎？吾所生产之事物于群有利乎？"教师学生于不知不觉中自具一种利群之精神，此其七。不特此也，能生利之人即能得生活上一部分之幸福；而一衣一食亦自能措置裕如。不能生利之人，则虽有安富尊荣亦难长守。故惟患不能生利，不患不得生活之幸福与温饱。然则生利主义既无生活主义之寡泛，复无衣食主义之丛弊，又几兼二者之益而有之，岂非职业教育之正当主义乎？

生利主义之职业师资　职业教育既以养成生利人物为其主要之目的，则其直接教授职业之师资，自必以能生利之人为限。盖已立而后能立人，己达而后能达人，天下未有无生利经验之人而能教育人生利者。昔樊迟请学稼，子曰："吾不如老农。"请学为圃，曰："吾不如老圃。"孔子岂故为拒绝哉？亦以业有专精，事有专习，孔子之不知农圃，亦犹老农之不知六艺耳。由是以推，无治病之经验者，不可以教医；无贸易之经验者，不可以教商。百凡职业，莫不皆然。故职业教师之第一要事，即在生利之经验。无生利之经验，则以书生教书生，虽冒职业教师之名，非吾之所谓职业教师也。

然职业教师不徒负养成生利人物之责，且负有改良所产事物之责。欲求事物之改良，则非于经验之外别具生利之学识不可。

无学识以为经验之指导，则势必安于故步自封，不求进取。吾国农业，数千年来所以少改良者，亦以徒有经验而无学识以操纵之耳。故职业教师之第二要事，是为生利之学识。

兼有生利之经验、学识，尚不足以尽职业教师之能事。盖教授生利之法，随业而异。有宜先理想而后实习者，有宜先实习而后理想者，有宜理想实习同时并进者。为职业教师者自宜熟悉学者之心理，教材之性质，使所教所学皆能浃洽生利之方法，而奏事半功倍之效。故职业教师第之三要事，为生利之教授法。

准如前说，则健全之职业教师，自必以经验、学术、教法三者皆具为标准。三者不可得兼，则宁舍教法、学术而取经验。盖无学术、教法而有经验，则教师尚不失为生利之人物，纵无进取良法，然学生自能仪型教师所为，以生产事物。既能生产事物，即不失职业教育之本旨。如无经验，则教授法无由精密，纵学术高尚，断不能教学生之生利。既不能生利，则失职业教育之本旨矣。是故经验学术教法三者皆为职业教师所必具之要事，然三者之中，经验尤为根本焉。

职业教师既以生利经验为根本之资格，则养成职业师资自当取材于职业界之杰出者。彼自职业中来，既富有经验，又安于其事，再加以学术教法，当可蔚为良材，概之收录普通学子，为事当较易，收效亦当较良且速也。

职业教师既以生利之经验、学术、教法三者为资格，则如何养成此种教师之方法，亦在吾人必须研究之列。大概养成职业师资之法有三：一、收录普通学子教以经验学术与教法；二、收录职业界之杰出人物教以学术与教法；三、延聘专门学问家与职业中之有经验者同室试教，使其互相砥砺补益，蔚为职业教师。夫经验所需之多少，随职业而异；其需经验较少之职业，利用第一法。如普通师范学校之教师有二三年之经验者，即可作教授之基础，故收录普通学子而养成之，为事甚易。其次则商业学校教员，似亦可以利用此法。但农工等职业之教师，性质迥异，非富有经验，不足以教生利。舍难就易，似不如采用第二法，精选职业界之杰出者养成之。彼既从职业中来，自必有相当之经验，再教以实用之学术教法，为事自顺。然此法效力之大小，常视国中教育普及之程度为差。其在欧美教育普及之邦，职业中人，泰半受过八年之公共教育，既有普通知能以植其基，则于学术教法自易领悟。中国则不然，教育未普及，农工多数不识文字；既不识文字，则欲授以学术教法，自有种种困难。然而职业界之杰出者，终不乏粗识文字之人。当事者苟能精选而罗致之，则有用之职业师资，或能济济而出也。此外则有延聘学问家与经验家同室试教一法。当今职业师资缺乏，为其备选者或有学术而无经验，或有经验而无学术，速成之计，莫如合学问家与经验家于一炉而共冶之；既可使之共同试教，又可使之互相补益，则今日之偏材，经数年磨练之后，或能蔚成相当之师资，岂非一举两得哉？然一班二师，所费实巨，况学术经验贵能合一，若分附二人之身，终难免于隔膜。故此计虽有优点，不过为过渡时代权宜之策耳。总之，职业教师最重生利之经验，则养成之法，自宜提其要领，因已有之经验而增长之，方能事半功倍也。

生利主义之职业设备　孔子曰：“工欲善其事，必先利其器。”无利器而能善其事者，吾未之前闻。职业教育又何独不然？必先有种种设备，以应所教各业之需求，然后师生乃能从事于生利；否则虽有良师贤弟子，奈无米不炊何！故无农器不可以教农，无工器不可以教工。医家之教必赖刀圭。画家之教必赖丹青。易言之，有生利之设备，方可以教职业；无生利之设备，则不可以教职业。然职业学校之生利设备可分二种：一、自有之设备；二、利用职业界之设备。但无论设备之为己有，为利用，学生教师莫不可因以生利。故设备虽有己有、利用之分，而同为学生教师生利之资则一。余尝游美之麻撒朱赛州（Massachusetts），视其乡村中学校附设之农业科，多利用学生家中之田园设备，使各生在家实习，命之曰家课（Home Projects）。教员则自御汽车，循环视察，当场施教。农隙则令学生来校习通用之学术。故校中自有之设备，除课堂点缀以外，实属寥寥无几；校外则凡学生足迹所至，皆其所利用之设备。论其成效则不特设备之经费可省，而各家之农业皆得藉学生而间接改良之。此盖利用他人生利设备以施职业教育之彰明较著者也。

生利主义之职业课程　职业学校之课程应以一事之始终为一课。例如种豆，则种豆始终一切应行之手续为一课。每课有学理，有实习，二者联络无间，然后完一课，即成一事。成一事再学一事，是谓升课。自易至难，从简入繁，所定诸课，皆以次学毕，是谓毕课。定课程者必使每课为一生利单位，俾学生毕一课，即生一利；毕百课则生百利，然后方无愧于职业之课程。职业课程既以生利为主，则不得不按事施教，欲按事施教，则不得不采用小班制。故欧美之职业实验班至多不满十五人，凡以便生利课程之教授也。不特每课为然，即各课之联络亦莫不以充分生利为枢机。客有学蚕桑者，学成执蚕桑业，终岁生利之期两三月而已，余则闲居坐食，不数年而家计渐困，卒改他业。此能生利而不能充分生利之过也。故职业课程之配置，须以充分生利为标准，事之可附者附教之，事之可兼者兼教之。正业之外，苟能兼附相当之业，则年无废月，月无废日，日无废时矣。此之谓充分之生利。根据此旨以联络各课，是为充分生利之课程。

生利主义之职业学生　有生利之师资设备课程，遂足以尽职业教育之能事乎？曰，未也。学生择事不慎，则在校之时，学不能专；出校之后，用非所学者。其弊也：学农者不归农，学商者不归商。吾国实业教育之所以鲜成效，固由于师资设备课程之不宜于生利，然其学生择业之法之不当，亦其一因也。大凡选择职业科目之标准，不在适与不适，而在最适与非最适。所谓最适者有二：一曰才能；二曰兴味。吾人对于一业，才能兴味皆最高，则此业为最适；因其最适而选之，则才能足以成事，兴味足以乐业，将见学当其性，用当其学，群与我皆食无穷之益矣。故能选最适之业而学之者，生大利不难，岂仅生利已哉！择业不当，则虽居学习生利之名，而究其将来之生利与否，仍未可必。故欲求学业者归业，必先有精选职业之方法。方法维何？曰，职业试习科是也。职业试习科包含农工商及其他业之要事于一课程，凡学生皆使躬亲历试之。试习时期可随遇伸缩，多至半载，少至数星期皆可。但试习之种种情形，必与真职业无异，始可试验学生之真才能真兴味。一参假面具则试验科之本旨失矣。试习之后，诸生于各业之大概既已备尝，再择其最近才能、最有兴味之一科专习之。彼其选择既根本于才能兴味，则学而安焉，行而乐焉，其生利之器量，安有不大者哉?

结论　职业学校，有生利之师资、设备、课程，则教之事备；学生有最适之生利才能、兴味，则学之事备。前者足以教生利，后者足以学生利。教与学咸得其宜，则国家造就一生利人物，即得一生利人物之用，将见国无游民，民无废才，群需可济，个性可舒，然后辅以相当分利之法，则富可均而民自足矣。故职业教育之主义在是，职业教育之责任在是，余之希望于教育家之采择试行者亦莫不在是。谨贡一得，聊献刍尧，幸垂教焉。

《教育与职业》第1卷第3期（1918年11月3日）

教学合一

现在的人叫在学校里做先生的为教员，叫他所做的事体为教书，叫他所用的法子为教授法，好像先生是专门教学生些书本知识的人。他似乎除了教以外，便没有别的本领；除书之外，便没有别的事教。而在这种学校里的学生除了受教之外，也没有别的功课。先生只管教，学生只管受教，好像是学的事体，都被教的事体打消掉了。论起名字来，居然是学校；讲起实在来，却又像教校。这都是因为重教太过，所以不知不觉的就将他和学分离了。然而教学两者，实在是不能分离的，实在是应当合一的。以我看来，教学要合一，有三个理由：

第一，先生的责任不在教，而在教学，而在教学生学。大凡世界上的先生可分三种：第一种只会教书，只会拿一本书要儿童来读它，记它，把那活泼的小孩子来做个书架子，字纸篓。先生好像是书架子字纸篓之制造家；学校好像是书架子字纸篓的制造厂。第二种的先生不是教书，乃是教学生。他所注意的中心点，从书本上移在学生身上来了。不像从前拿学生来配书本，现在他拿书本来配学生了。不但是要拿书本来配学生，凡是学生需要的，他都拿来给他们。这种办法，固然比第一种好得多，然而学生还是在被动的地位，因为先生不能一生一世跟着学生。热心的先生，固想将他所有的传给学生，然而世界上新理无穷，先生安能尽把天地间的奥妙为学生一齐发明？既然不能与学生一齐发明，那他所能给学生的，也是有限的，其余还是要学生自己去找出来的。况且事事要先生传授，既有先生，何必又要学生呢？所以专拿现成的材料来教学生，总归还是不妥当的。那么，先生究竟应该怎样才好？我以为好的先生不是教书，不是教学生，乃是教学生学。教学生学有什么意思呢？就是把教和学联络起来：一方面要先生负指导的责任，一方面要学生负学习的责任。对于一个问题，不是要先生拿现成的解决方法来传授学生，乃是要把这个解决方法如何找来的手续程序，安排停当，指导他，使他以最短的时间，经过相类的经验，发生相类的理想，自己将这个方法找出来，并且能够利用这种经验理想来找别的方法，解决别的问题。得了这种经验理想，然后学生才能探知识的本源，求智识的归宿，对于世间一切真理，不难取之无尽，用之无穷了。这就是孟子所说的“自得”，也就是现今教育家所主张的“自动”。所以要想学生自得自动，必先有教学生学的先生。这是教学应该合一的第一个理由。

第二，教的法子必须根据于学的法子。从前的先生，只管照自己的意思教学生；凡是学生的才能兴味，一概不顾，专门勉强拿学生来凑他的教法，配他的教材。一来先生收效很少，二来学生苦恼太多，这都是教学不合一的流弊。如果让教的法子自然根据学的法子，那时先生就费力少而成功多，学生一方面也就能够乐学了。所以怎样学就须怎样教：学得多教得多，学得少教得少；学得快教得快，学得慢教得慢。这是教学应该合一的第二个理由。

第三，先生不但要拿他教的法子和学生学的法子联络，并须和他自己的学问联络起来。做先生的，应该一面教一面学，并不是贩买些知识来，就可以终身卖不尽的。现在教育界的通病，就是各人拿从前所学的抄袭过来，传给学生。看他书房里书架上所摆设的，无非是从前读过的几本旧教科书；就是这几本书，也还未必去温习的，何况乎研究新的学问，求新的进步呢？先生既没有进步，学生也就难有进步了。这也是教学分离的流弊。那好的先生就不是这样，他必定是一方面指导学生，一方面研究学问。如同柏林大学包尔孙先生（P.Paulsen）说："德大国学的教员，就是科学家。科学家就是教员。"德国学问发达，大半靠着这教学相长的精神。因为时常研究学问，就能时常找到新理。这不但是教诲丰富，学生能多得些益处，而且时常有新的材料发表，也是做先生的一件畅快的事体。因为教育界无限枯寂的生活，都是因为当事的人，封于故步，不能自新所致。孔子说："学而不厌，诲人不倦。"真是过来人阅历之谈。因为必定要学而不厌，然后才能诲人不倦；否则年年照样画葫芦，我却觉得有十分的枯燥。所以要想得教育英才的快乐，似乎要把教学合而为一。这是教学应该合一的第三个理由。

一来先生的责任在教学生学，二来先生教的法子必须根据于学的法子，三来先生须一面教一面学。这是教学合一的三种理由。第一种和第二种理由是说先生的教应该和学生的学联络，第三种理由是说先生的教应该和先生的学联络。有了这样的联络，然后先生学生都能自得自动，都有机会方法找那无价的新理了。

《时报·教育周刊·世界教育新思潮》第1号（1919年2月14日）

第一流的教育家

我们常见的教育家有三种：一种是政客的教育家，他只会运动，把持，说官话；一种是书生的教育家，他只会读书，教书，做文章；一种是经验的教育家，他只会盲行，盲动，闷起头来办……办……办。第一种不必说了，第二第三两种也都不是最高尚的，依我看来，今日的教育家，必定要在下列两种要素当中得了一种，方才可以算为第一流的人物。

（一）敢探未发明的新理　我们在教育界做事的人，胆量太小，对于一切新理，小惊大怪。如同小孩子见生人，怕和他接近。又如同小孩子遇了黑房，怕走进去。究其结果，他的一举一动，不是乞灵古人，就是仿效外国。也如同一个小孩子吃饭，穿衣，都要母亲帮助，走几步路，也要人扶着，真是可怜。我们在教育界任事的人，如果想自立，想进步，就须胆量放大，将试验精神，向那未发明的新理贯射过去；不怕辛苦，不怕疲倦，不怕障碍，不怕失败，一心要把那教育的奥妙新理，一个个的发现出来。这是何等的魄力，教育界有这种魄力的人，不愧受我们崇拜！

（二）敢入未开化的边疆　从前的秀才以为“不出门能知天下事”，久而久之，“不出门”就变做“不敢出门”了。我们现在的学子，还没有解脱这种风气。试将各学校的同学录拿来一看，毕业生多半是在本地服务，那在外省服务的，已经不可多得，边疆更不必说了。一般有志办学的人，也专门在有学校的地方凑热闹，把那边疆和内地的教育，都置在度外。推其原故，只有一个病根，这病根就是怕。怕难，怕苦，怕孤，怕死，就好好的埋没了一生。我们还要进一步看，在这些地方，究竟是谁的山河？究竟是谁的同胞？教育保国究竟是谁的责任？要晓得国家有一块未开化的土地，有一个未受教育的人民，都是由于我们没尽到责任。责任明白了，就放大胆量，单身匹马，大刀阔斧，做个边疆教育的先锋，把那边疆的门户，一扇一扇的都给他打开。这又是何等的魄力！有这种魄力的人，也不愧受我们崇拜。

敢探未发明的新理，即是创造精神；敢入未开化的边疆，即是开辟精神。创造时，目光要深；开辟时，目光要远。总起来说，创造，开辟都要有胆量。在教育界，有胆量创造的人，即是创造的教育家；有胆量开辟的人，即是开辟的教育家，都是第一流的人物。大丈夫不能舍身试验室，亦当埋骨边疆尘，岂宜随便过去！但是这种人才，究竟要到什么时候才能出现？究竟要由什么学校造就？究竟要用什么方法养成？可算是我们现在最关心的问题。

《时报·教育周刊·世界教育新思潮》第9号（1919年4月21日）

活的教育

教育可分为三部：

A. 死的教育；

B. 不死不活的教育；

C. 活的教育。

死的教育，我们就索性把它埋下去，没有指望了！不死不活的教育，我们希望它渐渐地趋于活。活的教育，我们希望它更活！

我今天且讲这活的教育。什么叫做活的教育？活的教育是什么？这个问题本来是很大的，我不容易下定义，我也不能定概观。不过我总觉得活的一字，比一切什么字都要好。活的教育，更是教育中最不可少的现象。比譬：鱼在岸上，你若把它陡然放下水去，它的尾和鳍，都能得其所在，行动不已。鸟关在笼里，你若把它放到树林里去，它一定会尽其所能，前进不已。活的教育，正像鱼到水里鸟到树林里一样。再比譬：花草到了春天受了春光、太阳光的同化和雨露的滋养，于是生长日速。活的教育，好像在春光之下，受了滋养料似的，也就能一天进步似一天。换言之，就是一天新似一天。

我现在把这活的教育，再分做三段讲：

我们教育儿童，第一步就要承认儿童是活的，要按照儿童的心理进行。比方：儿童性爱合群，有时他一个人住在那地方，觉得有点寂寞的样子，在那儿发闷！我们就要找个别的小孩子同他在一块儿玩玩。普通儿童之特性，大多都富于好奇心。当他还不知道说话和走路的时候，他时常手舞足蹈的，跃跃欲有所试的样儿，忙个不歇。这可就是他的好奇心了。假若我们要弄些什么东西给他玩，他一定玩那好看的，不玩坏的。他起初间或也还可以拉杂的玩一路，后来知道好，他就只专玩好的了。在这里拿一点，在那里拿一点，只要与他合意，他一定非要不可。有时我们要是给他一个表，他必定将它翻来覆去的仔细观看，他并且还要探知里面的秘密，就打破沙锅问到底。我们同小孩子玩的时候，假以木筷搭个架子，小孩子看着，必定以为很好玩。后来我们忽然把它推倒，那小孩子就更以为好玩了，欢喜了。假若我们再进一步，以这架子，不由我们推倒，让小孩子自己去推，那么，这时小孩子的欢喜，我敢断定更比从前要欢喜得多了。诸如此例，我不能细举。还有一件最紧要的，就是：我们如果承认教育是活的，我们教育儿童，就要根据儿童的需要的力量为转移。有的儿童天资很高，他的需要力就大些；有的儿童天资很钝，他的需要力就小些。我们教育儿童，就要按他们的需要的力量若何，不能拉得一样。比方吃饭。有的人饭量大些，他要吃五碗或六碗；有的饭量小些，他只能吃一两碗。我们对于他，就只能听其所需，不能定下死规。要是我们若规定了，比如吃两碗的定要逼他吃五碗才及格，那么，这一定就要使人生病了！学校里教育儿童，也像这样，不能下死规强迫一律，不但学校是要如此，就是社会上的工作亦莫不要像这样。我们人的需要力，有大有小，我们只求其能够满足他的需要就是了。所以教育儿童和承认儿童是活的，首先就要能揣摹儿童的心理。

儿童不但有需要，并且还有能力。他对于种种事体的需力有大小，他的能力亦有各种不同。男女遗传下来的生理不能一样，他们的能力亦不能一样。我并不是说女子比男子差些，我是说男女各有各的优点。就是男子与男子两相比较，亦有许多相异的能力，有因年龄不同的，有因环境不同的，有因天性不同的。由这许多的不同，所以其结果的能力，就大有差别。我们教育儿童，就要顺导其能力去做去。比如赛跑，这就是一件凭能力的事。我们认定几个人同时同地立在一块，听指挥者发号令，就一齐出发，让他们各凭充分的能力自由前进，不加限制，然后谁远谁近，自可显见。而他们的能力的大小，也就由此可以证明了。设使我们要是下个定规，规定三人赛跑，跑一百二十码或二百四十码，快慢都要一样，不许谁先谁后，那么，那个能力充足能跑二百四十码，他自然是很舒畅，不甚为难；而那只能跑得六十码或一百二十码的，他一定是很苦的了，甚至还要受伤呢！这是从运动方面着想的，至于教授方面，亦多类此。设有许多儿童，同在一堂，当教授的人，就要按照各个儿童的能力去教授。要是规定了今天讲一课，明天讲一课，每课虽是都一字一句的分析解释，在那天资聪颖的小孩子咧，他固然能够领受到他的脑袋里去，并且还有闲空；若在那秉性鲁笨的小孩子，那就等于对牛弹琴了，一些儿也不懂得。这种教育，正像规定三人赛跑一般，还能算得是活的教育吗？我们现在既是想讲活的教育，就要知道儿童的能力是不相同的，我们要设法去辅助他，使他能力发展，有如我们看见某处一个学校园，那里内的花卉长得非常整齐好看，我们心下羡慕他，我们也就可以仿照他，将我们自家的学校园也培植得像那一样。这是培植花园的方法，办教育也是如此。我们大家设若不相信，恐怕做不到，我们可再看。譬如有一块草地，那地上所生长的草，都是参差不齐的，我们若任它自然去生长，那就越长越不齐了，假若我们要用机器把它逐次地推铲，那么，这一定要不了多少功夫，就会使他平坦了。我们办教育，也就像推草一样，也要用方法去使之平，这是对于草是这样——对于普通的儿童是这样；若对于树木，——对于天资特敏的小孩子——那就不行了。树木的生长力强些，他的性子也猛些，我们对于他，也要按其能力去支配他，使其生长适度。若任其自然生殖，则其枝干必日渐伸张，后来越长越高，甚至把屋棚都要捣破了！学校里起风潮，就像大树捣毁屋棚，是一样的，都是出于办教育的人，平日对于这教育的趋向没有注意，对于那天资高尚的儿童，没有按得其能力去教育，这就是我们没有承认儿童有活的能力。

活的小孩子与死的小孩子有不同的特点。小孩子他所吃下去的滋养料不同，他们所受的利益也就不能一致。活的小孩子，他秉性活泼些，他对于一切的事实上，也就进步得快些。死的小孩子，他的脑筋滞钝些。并不是说小孩子的确是死的，是言其能力不能有多大的发展，虽活也等于死的一般。我们办教育的人，总要把小孩子当作活的。莫要当作死的。地球看起来，好像是个不动的东西，其实他每天每时都在旋转不已。小孩子也同这样。表面上看起来，也好像是很平常的，没有什么进益，其实他的能力知识，莫有一天不在进行中求活。我们就要顺着他这种天然的特性，加以极相当的辅助和引导，使他一天进步似一天，万不能从中有所阻碍或滞停，不使前进，把他束缚了起来。束了若干时，然后又陡然把他解放掉，这一定要受危险的。这好像人家有个小孩子，他把他在今年做了一件衣服，等到五年后，他还拿给这小孩子穿，那小孩子体干长大了，衣服小了，以这小的衣服去给大的孩子穿，那衣是一定要破裂的。纵或可以勉强穿得上，而小孩子的身体，也就束缚得急急的了，血脉也就不能调和，就要生病了！由此可知，小孩子的衣服，是年年要换的，小孩子的知识学问，也是年年天天要换的。现在没有一个人，忽然妙想天开，他说："我有个小孩子，我不要他年年换衣，当他还只有五岁的时候，我就把他做件十六岁时候的衣服，周身都把他绉起来，年年穿，年年放，一直放到十六岁的时候，都还可以穿。"这个法子，勉强一看，觉得也还不大坏，并且又很经济的，但是仔细看来，那就觉得不像了，就是精神上也有点不好看。古时的衣服，不能适合于现在；现在的衣服，未必又能适合于将来！时势的变迁，是有进无已的，办教育的，就要按着时势而进行，依合着儿童的本能去支配。有许多教科书，在从前要算是很新很适用的，在现在却变成了腐败不堪了。我们讲活的教育，就要本着这世界潮流的趋向，朝着最新最活的方面做去。中国教育最大的毛病，就是不能普及。从前俄国的西伯利亚也是这样，但比较中国要好些。中国社会上失学的人，也不知有多少，就以普通人民计算，总有三分之一不识字的。我们现在要想将这些人重新给以教育，那除非要从国民一年级教起。但是他们都是壮年的居多，要是都放在国民一年级教，那又好像十六岁的孩子穿五岁时候的衣服了。这种教育，可算得是死的教育。活的教育就不能这样了。活的小孩子，他生长快，他的进步也快，他一时有一时的需要，一时有一时的能力。当教育家的，就要设法子去满足他的需要，就要搜罗相当的材料去培植他。这就是我们所讲的活的教育第二件。

我现在再讲活的教育要些什么材料。这材料也可以分做三段说：

一、要用活的人去教活的人。我们要想草木长得茂盛，就要我们天天去培植他，灌溉他；我们要想交结个很活泼的朋友，就要我们自己也是活泼的。我的影响，要能感到他的身上，他的影响，也要在我身上，这才可以的。比如：我俩人起先是不相识的，后来遇到了好几回，在一块儿谈了一次，于是两下的脑筋里都受了很深的影响，两下的交情，也就日渐浓厚了。当教员的对于学生也要这样，也要两下都是活的，总要两下都能发生的密切的关系。教员的一切，要影响到学生身上去，学生的一切，要影响到教员身上去。一个会场有的人好谈话，有的人好笑，我们看了心下一定也会生了一种影响。比如：我一人在台上讲演，大家都坐在下面听，我的脑筋中已经印象了许多听讲的人，想大家的脑袋中，也会印象到了我讲演的人，这也就是一种活的表现。活的教员与活的学生，好像汽车一样，学生比譬是车，教员比譬是车上司机器的，机器不开，车自然不动。教员对学生，若不以活的教材去教他，他自然也就不能进步。现在的教员，不像从前了。他像把汽车上机子开了，车子在跑了。但是还有些教员，他的性子未免太急，他把车上的机器开猛了一点，车子行得太快，刚刚要想收机，忽然前面碰到了石头或其他的人，这时就要发生很大的危险了。活的教员，正同司汽车的一般，要把眼睛向前看准了。若闭着眼睛乱开机，那就要危险极了！学生向前进，教员也要向前进，都要一同并进。若徒以学生前进，而教员不动，或者学生要进而教员反加以阻碍，这可谓之死的人教活的人，不能谓之活的人教活的人！

二、拿活的东西去教活的学生。我们就比如拿一件花草来教授儿童，将这花草把他解剖开，研究其中的奥妙，看他是如何构造的。小孩子对于这事，觉得是很有趣味的。我们能以这种种东西去教他，不但能引起他活泼的精神，并且还可以引起他的快乐。我们还可以拿活的环境去教他，比方沙漠本是干燥的，我们可以设法使他出水；大海有时候变成陆地；太平洋里航船到美洲，本不大便利，于是就有人开了巴拿马运河；火车行山路不便，就会把山打个洞。这就是拿活的环境去作教育上材料的。文化进步，是没有止境的，世界环境和物质的变化，也是没有一定的。活的教育，就是要与时俱进。我们讲活的教育，就要随时随地的拿些活的东西去教那活的学生，养成活的人材。

三、要拿活的书籍，去教小孩子。书籍也有死的有活的。怎样是活的书籍？我觉得书籍所记载的，无非是人的思想和经验，那个人的思想、经验要是很高尚的，与人生很有关系的，那就可算是活的书籍。若是那著书的人思想、经验都没有什么价值，与人生没有关系，那就是死的书籍。我们教授小孩子，对于书籍的死活，就不能不慎重，所教授的书籍，要有统系的，前后都能连贯得起来，不是杂乱无章的，这才是活的教育。若只知道闭着眼睛教死书，也不顾那书适用不适用，这样我敢说就是死的教育。我们教授儿童的书籍，好像人家传财产样，普通有两个常法子：（甲）是传财的法子。比譬一家，他的家主不愿管事（或临死时）了，要把家事完全推及小家主，将所有存蓄的银钱，都要对小家主说个明白，叫他慎重。（乙）是传产的法子，就是有本帐簿子，说我所有的产业，都登在这帐上面。那天那家主把他的后人带到各田庄上去看，说是某田是租给某人的，某庄子是某人承租的，那块山场是由某人保承的，某处房屋是谁租着做什么事的，这样一件一件地指示给他看了，又与他那帐簿子再对照一下。那么，这个财产的根本，他那小家主已经明白了，这笔家私，就没有人能够会糊倒他占得去了。我们办教育的、传文化的人，也是这样，也要把书籍像传财产一样，要把所教授的东西，都能使他领会得到，能连贯得起来，使小孩子的脑筋有个统系，不致混乱，这种教育才配说是活的。从前有许多讲教育的，没有统系。所以使一般学生听了，只是囫囵吞枣，一点不能受益，这也就是死的教育，不是活的。活的教育要拿活的书籍去教，现在还有许多教员先生们，他对书籍还不十分注意，当他初当教员的时候，也还肯买一两本书看看，到了后来，他不但不买，连从前所有的几本书，都借给人去了。这样教员，教育界中也不知道有多少，他既不能多买书看，对于一切新知识，他自然是不知道的。他既不能有新的知识，那一定没有新的教材能供给学生，只是年年爬起来卖旧货！这种教育中的败类，真不知害了多少青年。我们现要希望教育成活的，当教员的就要多看书——多看些活的书——好去供给学生的需要，养成新而且活的学生——这就是我讲的Education of life。

现在要讲到活的教育的方法，我可提出两个最时髦的法子就是：

（1）设计教授法。活的教育，最好而且最时髦、最紧要的，就是总要有个目的。这我在上面也曾说到了一点。我们教授儿童，先要设定一个计划，然后一步一步地向着所计划的路上去做，若是没有个计划，那就等于一只船放到了江中没有舵，进退左右，都没有把握！倘不幸遇了一阵大风，那一定逃不了危险的！办教育的人，要能会设计，预知学生将有风潮，就先要设一方法，使那风潮却从无形中消灭，不致使他发泄。知道学生程度不齐，就要设一种计策，使之能齐，总期各方面都无损，且能获益。这种设计，各学校的情形，各有各的不同，各地方亦有各地不同，这可听大家因时制宜，我不能断定。

（2）依计划去找实现法。这个方法大致是根据上面来的。我们订了一个计划，不能就算了事的，必定还要依照这计划去实行去。我现在可拿个浅近的事作个比譬：就如农人种豆子，他先也要订个计划，以几亩田能要几多种子，要多少肥料，又要多少人工去做，要经多少时期才能完工；什么地方种绿豆适宜些，什么地方种黄豆适宜些，还有甚地不适于种豆子，适于种山芋。这样计划了一番，然后兴工动作，按这所计划的进行，这必定是有条有理，不致乱忙；而所收的结果，也一定是很丰厚了。由此类推，办教育亦莫不是这样。一个学校，也先要订个计划，然后去依计划实行，例如那级学生，今年应当注意什么功课，某级学生今年应当添什么功课和减什么功课，某教授教授法不好应当怎样。能这么一样一样的计划好了，然后又按照这个进行，那个学校没有办不好的道理。推之修桥修路和其他种种建设，都能依着这样进行，求到所希望的目的，那么，天下事绝没有不可能的。现在我看有许多地方，他一开个什么会，他预先没有计划。到了临时开会了，不是招待员左右乱跑，就是会场上布置得不周全，往往令来宾有兴而来，败兴而归，这都是由于预先没有一定的计划。俗语所谓："平时不烧香，急时抱佛脚。"这事决不会办得好的。我们谈教育的，就是在这上面注意注意。无论是办大学也好，中学也好，国民小学也好，总要预先有个计划，然后依着计划去找实现。有时计划定得不好应随时变更。比如：我们讲化学，今天就要计划明天化学堂上要些什么东西试验。我们预先就要预备好着，省得临时仓皇失措。诸如此类我也不必多举，我总觉得设计教授法是活的教育上最不可少的，依计划去找实现法，那更是一件要紧的事了。这就是我所讲的Education by life。

我现在又要讲我们为什么要讲活的教育。因为活的教育，能使我们有种种活的能力。我们人生有高尚的，有低微的；有暂时的，有永久的；有完全的，有片面的。我们要使暂时的生活，能够叫他永久；片面的生活，要使他能完全；低微的，要使他高尚。怎样叫做完全？我们在国家是公民，在社会上有朋友亲戚，在家庭里有父母兄弟姊妹，在学校里有同学，有师长。我们一身，对于自己，对于各方面都要顾到。如果一方面不能顾到，这还是片面的。怎么叫做高尚的？我觉得人们的身体和精神是两样的，各有各的生活。身体上的生活固然要紧，精神上的生活也是要紧的。设使两者要去其一，那就是我们最不幸的一件。我们总要使得我们的身体、精神，都是很健全的、愉快的。这可就算是高尚的生活，反之就是低微的生活，都是有关系于教育上的。再，怎样谓之永久和暂时的生活？我们人的寿命有长短不一，有二三十岁就死的，有七八十岁才死的，有十几岁就死的，也有八九十多岁才死的。说者多谓生死有定，但这可不能为凭。我想人的生命的长短，大致是关系于人的操作和卫生上的。从来人的死，多是由病的。考病之由来，不外两种：（一）是由人的操动过度致伤身体而殒命。（二）是由人的卫生上没有讲求，以致生出了许多毛病，终至因而送命。决没有无病无灾而好好就会死的。纵有，也是很少很少的，但亦必定有其他原因。要说人的生死有定，何以人不好好的就死，而偏要生病才死咧？这种无稽之谈，我是不盲目崇拜的。我觉得人的生活，所以有暂时和永久的，都是根据于卫生和操作的关系。我们现在讲活的教育，就要明白这种关系，然后好去预防他，保护他，谋永久的生活。我在上海、南通参观各工厂，有许多六七岁的小孩子，都跟在他的母亲父亲身边下做工，我看他们那些小孩子，都是很瘦的，精神也很衰败的。这都是那些贫民没有钱给儿童受教育，国家亦没有钱能办这种义务教育。有些资本家倒是很有钱的，但他只知道营业获利，不肯拿钱来办这可怜的教育，所以那些小孩子就没有机会受教育，只得附随其阿父阿母作工以度日。五六岁的小孩子，尚有许多生理器官还没有长完全，现在竟居然要他工作，这种不适宜的使用，一定会使那小孩子身体不得强健，甚至还要早死的。

譬如树上的果子，还没有成熟，你就把他摘下去吃，那是一定吃不得的。小孩子还没有成人，就要使用他，他的前途一定是很有限的，将来一定要发生危险的。像这样只顾眼前不顾后来，就可谓之暂时生活，不是永久的生活。现在讲活的教育，就不能不注意这一层。

活的教育，有属于抽象的，叫做精神上活的教育。比方一个人死了，他的机能死了，他的躯干倒了，他的精神是没有死，还存在空中，能使我们还受到他的影响。这也似乎是种渺茫之谈，我本不敢怎么样的贡献于大家，因为各个人的观念不同。但是，有时我觉得大家也可以公认这话有点的确。例如：孔子是死了，他的精神还没有死，其影响存在我们大家身上。我们大家的脑袋中都还印象了有个孔子。历来许多大英雄、大豪杰，他的身子虽已腐化了，但他的勇气、毅气，还是贯传着，在我们大家的脑海中。这也就是精神上还没有死。他的精神可以一代一代的向下传，可以传许多人，不只传一人。一个活泼学生的精神，可以传应到许多学生。比如：我的精神传应着在大家身上，也可以传应到社会上去，这种传应，并是很快的。我们讲活的教育，对于这精神上的传应，也要注意，也要求活的精神。精神也有死有活的，活的精神，就是能使人感受了他，可以得到许多的教训。社会一日不死，各方面的精神传应，也是不死的。我觉得社会上受了这种精神的教育，也不知道有多少。这精神上的教育，最易感动人的，能连络一切。我从前有许多朋友住在一块，后来别了好多年，没有见过面，形式上要算疏忽了，但是精神上还是没有分离。这就是一种活的精神的表现。我希望讲活的教育，也要把这活的精神当作活的教育里一件材料，这就是我讲的Education for life。

《时事新报·学灯》（1922年1月18—19日）

教育者的机会与责任

今天我讲题是“教育者之机会与责任”，但是今天到会的，除教育者外，又有受教育的学生，提倡教育的办学者。我这题目，和上面种种人有什么关系呢？我想，学生对于教育发生的影响，自己首当其冲，自然要去看看教育者是否已经利用他底机会，尽了他的责任。办学者是督察教育者的人，更有急需了解教育者的机会与责任的必要。所以我这演讲，实在是以上三种人都应当注意的。

先从机会方面讲。教育者应当知道教育是无名无利且没有尊荣的事。教育者所得的机会，纯系服务的机会，贡献的机会，而无丝毫名利尊荣之可言。他的机会，可分四种：

（一）有可教之人；

（二）可教者而未能完全教；

（三）可教者而未能平均教；

（四）已受教而未能教好。

以上四种，都是予教育者以实施教育的机会。且先就第一种讲：

第一种是因为社会上有许多可教之人，所以教育者才能实行他的教育，倘若无人可教，则教育者就失其机会而无用武之地了。孔子曰："生而知之者上也。"美国某哲学家，对于他这句话很有怀疑，他反驳孔子说："生而知之者下也。"可是他的话确乎也有根据，譬如最下等的动物——细胞，彼从母体脱离后，凡彼母亲会做的事，彼都会做。再推到小牛，彼虽然不似细胞那样快，但是不用隔多时，举凡彼母亲的事，彼也会做了。小猴子却又不同，彼有几个月要在彼母亲的怀里，因为彼又是较高于小牛的动物。人又不然了，人在小孩子的时期，最早要候二三年后，始能行动，后来又慢慢由幼稚园——至于大学，去学他的技能，以做他父亲会做的事。总之，幼稚时间长，所以可教；教育者的机会，也是因为有可教的小孩子呵！

第二种，是说可教的人，没有完全受教。如中国有四万万之众，照现在统计表计算，只有五百四十万个学生，换言之，只有一百分之一点五是学生；一百人之中，能受教育的只有一个半人。这一百分之九十八点五的不能受教育者，都打着我们教育者的门，并且告诉我们说："现在是你们的机会到了，有一个人不入学校，就是你们还没有实行你们的机会。"

第三种，是就受教的人说的。中国现在受教有三桩不平均的地方：（一）女子教育；（二）乡村教育；（三）老人教育。

女子教育在中国最不注重。中国全国，有一千三百余县没有女子高等小学；又有五百余县没有一个女学生。若照百分法计算起来，男学生占学生中百分之九十五，女子却只占百分之五；以家庭论，一百个家庭，只有五个是男女同受教育——好家庭了。所以为家庭幸福计，男女都应受同等的教育。女子教育的重要有三：

甲、女子同为人类，自应有知识技能，去谋独立生活。譬如四万万根柱子擎着大厦，设若有二万万根是腐朽——不能用的木材，则此大厦必将倾倒，这是很明显的例子。——所以女子必须受教育，去共同担负社会的责任。

乙、女子富于感化性，能将坏的男子变好，并且可以溶化男子的性情与人格。诸位不信，请看看你们的亲友，定可得着个很显著的证明——所以欲使男子不致堕落，非从女子教育着手不可。

丙、女子受教育，必定十分顾及他子女的教育，不似男子的敷衍疏忽。——所以普及女子教育，不但可以收家庭教育的好果，并且可以巩固子孙的教育啦!

第二桩，不平均是城乡学校的相差，城里学校林立，乡下一个学校都没有。以赋税论，乡下人出钱，比城里人多些；他们的代价，至少也应当和城里平均，才是公允的办法。故乡村教育，应为教育者所注意。

第三桩，是小孩子可以受教育，而老年人则无受教育之机会。一班教育者，也只顾及小孩子的教育，对于老年人很少加以注意，这也是件不平均的事。中国现在内外交棼，社会多故，如若候着那班小孩子去改造，非待二三十年后不能奏效。所以欲免除目前的危险，必须兼顾着老幼的教育。

许多女子，乡村人，老年人，都打着我们教育者的门，如求雨一般的哀求我们放他们进来。这也是我们的机会到了!

第四种机会，是因为小孩子虽然受教，但是没有教好。如已教好，我们教育者又无机会了。没有教好者，可以分四层讲：

甲、人为物质环境中的人，好教育必定可以给学生以能力，使他为物质环境中的主宰，去号召环境。如玻璃窗就是我们对于物质环境发展的使命之一。我们要想拒绝风，欢迎日光，所以就造个玻璃窗子去施行我们拒风迎光的使命，教讨厌的风出去，可爱的日光进来。又如我们喜欢日光和风，但是想拒绝蚊蝇，所以又造了一种纱窗去行我们的使命。——这种使命，并非空谈，因为我们有能力确可使这些自然的环境，听我们调度。故学校应给学生使命环境的能力，去作环境的主宰。——以上不过是表明人对付环境的两个例子。

水也是自然环境之一，但是人不能对付彼，常常为彼所戕杀。如去年门罗博士到苏州参观教育，同行有四位女学士。过桥的时候，女学士的车子忽然翻落桥底；当时船家和兵士都束手无策，等到想法捞起，已经死了一个。我们从这件事，得着一个教训，就是“学生、船夫、兵士都不会下水”，以致人为自然环境的“水”所杀。

人在青年时发育最快。身体的发育，犹如商人获利一样。可是商人获利是最危险的事，偶一不慎，当悖出如其所入。我们青年生长时，亦有危险，学校讲求体育，应问此种体育是否增加学生的体健，使他们不致有种种不测之事发生？

这种学生的父兄，也带了他瘦且弱的子弟，打我们教育者的门，厉声问我们教的是什么教育？

乙、人不但是物质环境中之一人，也是人中之一人。人有团体，有个人，在这团体和个人中，便发生相对的关系。此种关系，应互相联络，以发展人性之美感。在此阶级制度破产时，我们绝不承认社会上还有什么“人上人”“人下人”，但是“人中人”我们是逃不掉的。我们既然都是人中之一人，那么，人与人自然会有相互的关系了。这种关系，能否高尚优美，尚属疑问。且就现在的选举说吧，被选人手里执着些洋钱，选举人手里执着一张票，他们所发生的关系，是洋钱的关系，选举的关系罢了！——这种关系，能合乎高尚的条件吗？

再看留学生的选举如何？记得从前中央学会选举时，自称为博士、硕士的留学生，不也是一样的舞弊吗？其他如大学毕业生、中学毕业生以及未毕业的中学生，他们又是怎样？他们为什么拿着清高的人格，去结交金钱？去结交政客？作金钱的奴隶？作政客的走狗？这样的学生，对得起国家社会吗？对得起父母吗？对得起自己的人格吗？

国家、社会、父母，都带着他的子孙，打我们教育者的门，骂我们为何太不认真，以致教出这种子弟！

丙、好教育应当给学生一种技能，使他可以贡献社会。换言之，好教育是养成学生技能的教育，使学生可以独立生活。譬如社会上的农夫、裁缝、商人、工人、教员……他们都有贡献社会的技能，他们各人贡献他们所做的事，可以使社会得着许多便利。倘若有一个人没有能力，则此人必分大家的利，而造成社会的恐慌了！所以教育的成绩，就是“技能”；教育就是“技能教育”。——且拿现在的师范生做个譬喻：现在师范毕业学生只有十分之八可以服务，十分之一可以升学，其余的十分之一，却做了高等游民了。再看中学毕业生，也只有三分之一可以服务，三分之一可以升学，其余三分之一，也就做了游民了！但是他们虽然不能服务，倒不惯受着清闲的日子，反做出许多不正当的事业，实在危险呵！

这种游民式学生的父兄，也打着我们教育者的门，问我们何以教出这种不会做正当事的子弟？并且教我们重新改过课程，使毕业的学生皆可独立。

丁、人不能没有休息，但休息是人最险之时。人无论怎样忙，都没有损害，倘若休息，则魔鬼立至。我们可以看出社会上许多恶事，都是在休息时候做的。所以学校里有音乐，便是给学生以正当的娱乐，使学生不致在休息时间做出恶事。可是学生回到家里，既无教员同学和他盘桓，又没有经济设置音乐去助他的娱乐，难免不发生其他的事来。所以学校应当使学生在休息时有正当的愉快。

这又是我们教育者的机会了！

总之，以上皆是我们教育者的机会。平常人对于机会怎样对待呢？大约可以看出四种情形来：

（A）候机会　有一班教育者天天骂机会不来，好像穷妇人想发财一样，但是机会不是观望的，所以等着机会是极愚拙的事，可以料定永远不会收着成效的。

（B）失机会　又有一班教育者，他明明看见机会来了，等到用手去捉彼，彼又跑掉了。如此一次，二次，三次，……仍旧不能得着机会。因为机会生在转得极快的圆盘子上，倘如没有极敏捷的手去捉彼，总会失败的。

（C）看不见机会　机会是极微细的东西，有时且要用显微镜和望远镜去找彼。一班近视眼的教育者，若不利用那两种镜子，是很难看见机会的。

（D）空想机会　还有些教育者，机会没有来，到处自炫，就像得着机会一样。犹如两个近视眼比看匾，在匾没挂起来的时候，都去用手摸了匾。后来共请一位公证人去批评，他们各人述了自己的心得，公证人忍不住笑了，因为这匾还没有挂上，他们都是“未见空言”咧！

这类“未见空言”的教育者，他们一味的空想，结果总没有机会去枉顾他一次。

现在再谈谈好的教育者。我以为好教育者，应当具有灵敏的手去抓机会，并且要带千里镜去找机会，机会找着了，就用手去抓住彼——不断地抓住彼，还要尽力地发展彼。

再说一说教育者的责任。简单一句话，教育者的责任就是“不辜负机会；利用机会；能用千里镜去找机会；会拿灵敏的手去抓机会”。

办学者和学生都应当看看教育者是否利用他的机会；如果没有利用他的机会，便是他没有尽责。——尽责的教育者，可以使学生发生“快乐”与“不快乐”两种感想；但是不尽责的教育者，也可以得着这两种情形，这是什么缘故？

因为教育者尽责，可以使学生在物质环境中做好人，教他学习一种技能去主宰环境。这种教育者，学生对于他有合意的，有不合意的。合意者不生问题，不合意的学生只请他认定教育者是否教我们做一个好人。如是，那我们就应当忍耐着成全这教育者的机会。设若教育者不负责，——辜负了机会——不使学生求学，我们这时候，应当知道学生有好有坏，教育者也有尽责与不尽责，不尽责的教育者常为坏学生所欢迎，同时也被好学生唾弃。做好学生，好教育者，更应当对于坏教育者、坏学生，加以严厉的驱逐，使这学校成为好的学校。

这桩事，无论是教育者、学生、办学者，皆当注意。我们不能辜负这机会与责任，自然要奋斗。攻击坏教育者、坏学生，是我们不可不奋斗的事——尤其是安徽不可不奋斗的事！

《民国日报·觉悟》（1922年7月7日）

学问之要素

——答程仲沂先生的信

仲沂先生：

……

先生所说做学问有三要素：一体健，二天才，三财力。很有见地。

知行以为体健是人生的一个最要目的，也是学问的一个最要目的。学生是学习人生之道的人。学以厚生则可；学以伤生是断断乎不可的。天才是做学问的根据。有几分天才做几分学问。大概天才有十分八九之势力，教育的势力只占十分之一二。教育万能之说是教育界自欺欺人的话。但是天才有时很不容易看出来。时机未到，天才隐在里面，专靠主观、武断，以致差之毫厘，失之千里的，是常有的事。

第三点恕我不大表同意。我不承认财力是学问的要素。我以为，只要有志学问或是有志于子女的学问，经济的难关是可以打破的。后代的学问是有社会关系的。自己倘若十分困难，就号召社会的力量成全子女入学也是应该的。这是就求学必不可少的经费说的。我还有一点意见，就是：穷苦和学问是好友；富贵和学问是仇敌。那天天轻裘肥马，炫耀于同学之前的，究竟的学问如何？

十二年九月二十日

《知行书信》

创造一个四通八达的社会

——给文渼的信

渼妹：

前在安庆接到家书，承嘱于修改后奉还，此事拟于到武昌后办理，一二日之内即可寄出。家中所需物品可以带京，请函冬弟购办。

知行一句钟内可以抵汉，拟于二十三日回安庆，二十四日赴芜湖。回京日期当在十二月初。

知行近日买了一件棉袄，一双布棉套裤，一顶西瓜皮帽，穿在身上，戴在头顶，觉得完全是个中国人了，并且觉得很与一般人民相近得多。

我本来是一个中国的平民。无奈十几年的学校生活，渐渐的把我向外国的贵族的方向转移。学校生活对于我的修养固有不可磨灭的益处，但是这种外国的贵族的风尚，却是很大的缺点。好在我的中国性、平民性是很丰富的，我的同事都说我是一个“最中国的”留学生。经过一番觉悟，我就像黄河决了堤，向那中国的平民的路上奔流回来了。

平民教育的宗旨是要叫种种人受平民化。一方面我们要打通层层叠叠的横阶级。如贫富、贵贱、老爷小的、太太丫头，等等，素来是不通声气的，我们要把他们沟通。又一方面我们要把深沟坚垒的纵阶级打通。纵阶级的最昭著的是三教九流七十行，江南江北、浙东浙西、男男女女等等都有恶魔把他们分得太严。这种此疆彼界也非打通不可。民国九年，南京高师办第一次暑期学校的时候，胡适之、王伯秋、任鸿隽、陈衡哲、梅光迪诸先生和我几个人在地方公会园里月亮地上彼此谈论志愿，我说我要用四通八达的教育，来创造一个四通八达的社会。我这几年的事业，如开办暑期学校、提倡教职员学生之互助、提倡男女同学、服务中华教育改进社，都是实行这个目的。但是大规模的实行无过于平民教育。我深信平民教育一来，这个四通八达的社会不久要降临了。

我这一个多月来随便什么地方都去传平民教育。四天前，我到南昌监狱里去对四百个犯人演讲，我说人间也有天堂地狱。若存好的念头，心中愉快，那时就在天堂；若存坏的念头，心里难过，那时就在地狱。我说到这里，忽然得到一个意思。这个意思就是天堂地狱也得要把它们打通。后来我想了一句上联送自己："出入天堂地狱。"下联没有想出来，请你给我对起来罢！

这次在轮船上觉得很安逸。记得前年我们到牯岭去，轮船上一夜数惊。我们生在此时，有一定的使命。这使命就是运用我们全副精神，来挽回国家厄运，并创造一个可以安居乐业的社会交与后代，这是我们对于千万年来祖宗先烈的责任，也是我们对于亿万年后子子孙孙的责任。

这时我在汉口南洋宝酒楼。这是个徽州馆。我在这里吃牛肉面，吃的饱得很，只费了一角五分钱。

再过半点钟，我就要渡江到武昌去了。我现在康健快乐。敬祝你和全家康健快乐！

十二年十一月十二夜写起

十三日早晨写了

《知行书信》（1929年亚东图书馆版）

预备钢头碰铁钉

——给吴立邦小友的信

立邦小朋友：

接读你的好信，如同吃甘蔗一样，越吃越有味。

世上有十八岁的老翁，八十岁的青年。要想一世到老都有青年的精神，就须时常与青年人往来，所以我很愿意和青年人通信，尤其欢喜和小孩子通信。平时得了小孩子一封信，如得奇宝；看过了即刻就写回信；回了信就把他好好的收藏起来。每逢疲倦的时候，又把他打开一读，精神就立刻加增十倍。小朋友的信啊，你是我精神的泉源！

国家是大家的。爱国是个个人的本分。顾亭林先生说得好："天下兴亡，匹夫有责。"我觉得凡是脚站中国土地，嘴吃中国五谷，身穿中国衣服的，无论男女老少，都应当爱中国。不过各人所处地位不同，爱国的方法也不能尽同。小孩们用心读书，用力体操，学做好人，就是爱国。今天多做一分学问，多养一分元气，将来就能为国家多做一分事业，多尽一分责任。你说等到年纪长大点也要服务社会，这是很好的志尚。社会的范围很不一定，大而言之就是天下；小一点就是国家；再小就是一省，一县，一村；再小就是我们自己的家庭。大凡服务社会，要"远处着眼，近处着手”。学生在学习服务社会的时候，就可以从自己的家里学起，做起。一面学，一面做；一面做，一面学。我们在家里服务的事也很多，把不识字的家庭化为识字的家庭，就是这许多事当中的一种。府上既往在学校左近，这就是你自己家里试办平民教育的机会。家庭里的平民教育适用连环教学法，你可请教令亲鸣岐先生。家里办好了，再推广到左右邻居，这事就是治国平天下的入手办法。

你信上说到贵处的老太婆们如何顽固，如何不易开通，这也是自然的现象。我们在社会上做事就要预备碰钉子。我在这几个月当中，也碰了四五个钉子。碰钉子的时候有两个法子解决：第一是硬起头皮来碰，假使钉是铁做的，我们的头皮就要硬到钢一样，叫铁钉一碰到钢做头皮上就湾了起来；第二是要把我们的热心架起火来，把钉子烧化掉。我们只怕心不热，不怕钉子厉害，你看如何？

你说，隆阜平民学校有个六十九岁的老太太也报名了。这是我们平民教育的大老了。陈鹤琴先生的老太太现在六十五岁，也读《千字课》。安徽教育厅里，夫役读《千字课》的也有二位六十五岁的老翁，我亲自教了他们两课。晏阳初先生说他最老的学生是六十七岁。所以隆阜那位老太太是我们平民教育最老的学生。请你把他的姓名告诉我。我要叫天下人都晓得这件事，好叫那些年富力强的人都发奋起来。再请你代我向这位老太太表示敬意。从前中国有七十岁的老状元，现在有七十岁的老学生，老识字国民，岂不是一件最可庆贺的事吗？如果你能时常的去帮助这位老太太学习，那就更加好了。你说徽州没有好的男学校，所以暂在隆阜读书。歙县第三中学办得不错，教员皆是有学问有经验的，明年可以试试看。

承你的好意，叫我回徽州来帮助大家提倡平民教育。这句话触动了我无限的感慨。我已经离开家乡十三年，恰好和你的年岁相等。每次读渊明公的《归去来辞》，就想回来走一趟，但是总没有工夫。因为来往要一个月，我是个很忙的人，怎样可以做的到呢？今年夏天，南京来了四个飞机，我就想借用一架飞回徽州，半天可以来往。管飞机的人说徽州平地少，不易下来，只好将来再谈。现在休宁金猷澍慰侬先生制造一种浅水艇，如果办得成功，从杭州到屯溪只要十八个钟头。我现在一面学游水，一面等金慰侬先生的计划成功。我想我不久总要回来看看我的亲戚朋友，特别要看的是小朋友。不过小朋友们看见我怕要像下面两句诗所说的景况。

“儿童相见不相识，
笑问客从何处来。”

现在已经夜深了，后来再谈。敬祝康健。

十三、一、五，在联和船上写的

《知行书信》（1929年亚东图书馆版）

论平民读书处之得失

平民读书处，自试办以来，我们好几位同志一方面亲自试行，一方面静观效果；一方面用思想去引导实行，一方面却用实行来纠正思想。现在平民读书处成立了好几千：衙门里，会社里，学校里，商店里，工厂里，家庭里，轮船里，寺庙里，监狱里，善堂里，济良所里都有了他们的脚迹。平民读书处在各种环境和情形之下，都经过了相当的试验：有的成功，有的失败；有的由失败变为成功，有的由成功转为失败。我们平心静气的观察他们的现象，推究他们的因果，觉得成功有成功的要素，失败也有失败的缘由。或得或失，都不是偶然的。我现在要把我们所见到的，一条一条的列举起来，作为推行平民读书处的同志的参考，还望大家把试办的心得来指教我们。

一、平民读书处之成功要素

平民读书处有六种成功要素。统观所有的平民读书处，完全有了下列六种要素的，就完全成功；那缺少一部分要素的，就不免有一部分失败。

（一）主人要肯负督促之责　这是最重要、最重要的成功要素。凡平民读书处设立的地方，必定要那个地方主人肯负督促的责任。家庭里要家长负责督促，店铺里要店主负责督促，推而至于一切机关里都要他们的主持人员负责督促，才可开办。如果做主人的敷衍了事，或明里承认负责，暗中阻止；或一时热心，终归懈怠，都是不能成功的。主人的督促并非难事，不必费什么时间。他只须于开办的时候，告诉大家说："从今天起，大家都要抽空读书，会读的人教人，不会读的人跟人学。"过一个星期可以问一句："你读了几课了？"到了一个月可以问一句："你读完一本了吗？"到了两个月，三个月，四个月，都可以仿照这样问问大家，他们就自然而然的用功了。这种督促的法子并不费事。我想凡做主人的都应当为全国读书运动负这点责任。现在修正的平民读书处组织大纲的里面，要家长，店主和机关主持人员担任处长，就是要重视这种督促的专责。

（二）至少必须有一个会认字的人做助教　平民读书处是以内里的人教内里的人。无论家里，店里，机关里，总得要有一位识字的人才能一个教两个，两个教四个的干起来。只要一个这样的人就行了。那肚里清通的固然顶好，就是半通甚至于不通的人，也是可以的。有了这一个人，加上了相当的指导，就有办法；倘若像这样一个人也没有，那就要从造就他入手了。

（三）助教要专责成　若一个读书处里面，有几个识字的人，几个不识字的人，那么某人教某人都要指定，或让他们自己认定。因为责任不专，不易督促。如此指定，教的人和学的人都明白责任之所在。

（四）指导要有定期　平民读书处的指导员一人，管一个读书处至十个读书处不等，看本人的精神，能力，热心，时间而定。指导员的功用就是指导助教，鼓励学生。他一方面引他们朝着正路走，一方面叫他们不致懈怠。最好指导员每星期到读书处去一次，每次指导助教六课，并使学生挑读一段以验成绩。对于程度高些的助教，可以酌减指导次数。倘使指导员能用实用方法，如写信之类引起学生兴味更好。如学生中发见懒惰，或助教中发见懈怠情事，就须加劝勉。劝勉不听，再与处长协商办法。

（五）全体要一律读书　除特别情形外，无论家庭里，店铺里或机关里的人，均须一律读书。若是这个人读那个人不读，或是要别人读而亲人反不读，精神一定提不起来，并且彼此推诿的事情不久就要发现。所以不办平民读书处就算了，要想办平民读书处，就得要男女，老少，大小，主仆，一律读书。

（六）读书要与饭碗发生关系　无论什么社会里的人，大概约有三分之一光景，除非有别人督促强迫，很不愿意读书。但是空言督促还是没有多大效力的。要想有效力就要使不读书的人觉得饭碗不稳。安徽教育厅有二十一位公役，内中有六个人起初不愿意读书。厅长只说了“不愿读书的人不得在厅里做事”一句话，大家都读了。协和医院里定了一个办法，凡是考不及格的都不得加薪，也是把读书和饭碗发生了一个密切的关系。如果个个家长，店主以及机关的主持人员肯把这层办到，那真是可以事半功倍了。

二、平民读书处的四忌

我们开办平民读书处，不但要注意成功的要素，并且要回避忌讳。有好多平民读书处的失败，都是因为犯了这些忌讳的缘故。所以我特为需要提出来作为一种警告，以免大家重蹈覆辙。

（一）忌生　平民读书处要在熟人的地方尽先推行。因为熟的地方对于我们本人既无怀疑，那么对于我们介绍的平民教育也就可以放心，若没有特别困难，必定是欢迎的，并且开办之后可以按着定期过去指导，很少不便的地方。至于生的地方，他们对于我们本人既不相知，自然不晓得我们葫芦里要卖什么药。客气的敷衍我们几句话，不客气的就要给我们钉子碰了。纵然开得起来，只怕时常去指导，他们又要觉得我们讨厌了。所以平民读书处要在熟的地方推行，不可在生的地方推行。我们自己的家庭、商店和自己主管的机关，都是我们用武之地。渐渐的我们可以把读书处的办法，介绍给朋友亲戚。我们可以拿我们自己的地方做一个中心，渐渐的对凡与我们有往来，有关系的人去介绍或推行。凡与我们有关系的裁缝司务，剃头司务，送煤炭的，卖柴的，挑水的，布店，米店，纸店，杂货店，等等，凡是认得我们的地方，都是我们推行平民读书处的地方。不过生的地方，假使有自动的要求，我们当然是可以替他开办的。

（二）忌招外面学生　平民读书处和平民学校根本不同的地方就是以内里的人教内里的人。因为他们一个根本原则就是为着那些不能进学校的人设立的。那外面的人既能到别人家的平民读书处去读书，就应当到平民学校去读书了。招外面的人到自己家里或店里来读书有种种不方便的地方。有好多人起初的时候热心过度，要收纳外面的学生，到了后来，很觉得不讨好，或者就变成平民学校了。殊不知外面来学的人既多，我们开始的时候，就要照平民学校办理，不可照读书处的办法办理。

（三）忌引生人参观　平民读书处不宜引生人参观。参观平民学校是可以行的，参观平民读书处是要讨人厌的。我们有几处成绩优良的平民读书处，就是因为参观，照相破坏掉了。

（四）忌带政治宗教色彩　我们办平民教育就要纯粹的去办平民教育，断不可带一丝一毫政治宗教的作用。我们办平民读书处对于这点更要格外留意，一不谨慎就要失败。

我们对于平民读书处如果注意上面所举的成功要素，并且免除上面所举的忌讳，我敢说办一个就有一个成功，办十个就有十个成功。不过所谓成功要素和忌讳，都是从现在的社会情形里面发生出来的。如果社会情形变更，那么上面所列举的种种当中，也有不能不变更的地方。比如社会对于平民教育倘已到了充分了解的时候，或政府对于平民教育倘已下了强迫令，那么我们也无须用如许力气使他成功，并不必避除如许忌讳才免失败。不过一定要等到那个时候到了，我们方能放手做去。现在还是要多方留神，才有把握。

《申报·教育与人生》第27期（1924年4月21日）

师生共生活

——给姚文采弟的信

文采吾弟：

安徽公学用最少的钱办到这样好的成绩，可算是近年来中等教育很有精彩的一个试验，可喜之至。但最危险的时期将要到了！秋期招收新生三班，新生数与旧生数相等，训育上要起最困难的问题。一不谨慎，校风要受根本的动摇。

按诸天演的原则，世间万事之进化都是逐渐成功的。暴长多暴亡，其机很微，不可不预防之。仲明弟拟于招考时，亲行口试，观察其言辞举止，以作去取根据之一种，我很赞成。这是一部分的预防，如果鉴别力强可以达到一部分的目的。梁漱溟先生说，办学校是和青年做朋友。做朋友之前，当然要加一番选择。所以，我很赞成仲明的建议。

但最重要的是：教职员和学生共甘苦，共生活，共造校风，共守校规。我认为，这是改进中学教育和一切学校教育的大关键。所以从学生进校之日起，全校教职员要偕同旧生以身作则，拿全副精神来同化新生。如果只招一班学生，这事体就要简便多了。现在是要拿一百多人来同化一百多人，确是一件最困难的事。我们对于这件事要小心翼翼，如临大敌，才有成功的希望。

我希望诸弟现在就要准备开学时一切琐碎的手续，使得时候到了，可以把精神集中在训育方面。凡住校的教职员，一定要和学生共甘苦，共生活，共造校风，共守校规，断不能有一个例外。如有例外，一定失败。我希望你住校一个月，以示表率。在这起初一个月当中，千万要聚精会神对付这个问题。安徽公学的前途都要看这一个月的努力而定。我或者可以帮助你们打头一个礼拜的战。开学期定了之后，请即告诉我。

敬祝康乐！

十三年八月十四日

《知行书信》（1929年亚东图书馆版）

学生的精神

知行此次因全国教育联合会事来湘，今天得与诸君见面，这是很愉快的。知行是世界的学生，诸君是学校的学生，今天是以学生资格，对诸君谈话；有些议论，也许诸君是不愿听的，但是“忠言逆耳利于行”，诸君或者能够原谅。

我现在要讲的题目，就是“学生的精神”。在我未说这题目之先，有点意思对诸君说一说：现在中国许多学生及一班教员，有一个很大的通病，就是容易“自满”。不论研究何种学科，只有相当的了解，即扬扬自得、心满意足。尤其是在过教员生活的，觉得自己处在教师地位，不必再去用功研究了。中国“四书”上有两句话说：“学而不厌，诲人不倦。”这真真千古不灭的格言，并且是两句不能分开的话；因为要“学而不厌”，才能够做到“诲人不倦”。例如我们来教一班小学生，倘若自己全不加以研究，只照着别人编的书本，自己抄的老笔记，依样画葫的教去，当学生的，固然不能受多大的益，当教师的，也觉得不胜其繁，没有多大的趣味。如是的粉笔生涯，不能不厌烦了。倘若当教师的，自己天天去研究，有所得的，即随时输之于学生，如此则学生受益较多，即当教师者，也觉得有无穷的乐趣。所以学生求学，固然要“学而不厌”，就是当了教员，还是要继续的

“学而不厌”。这可说是我现在要讲的“学生精神”的先决问题。

现在开始来讲“学生的精神”了。学生精神，大约分为三点：

（一）学生求学须具有科学的精神　我们不论研究什么学科，总要看一个明白，想一个透彻，多发些疑问，切不可武断盲从。例如别人要我们信仰国家主义，我们必须明了国家主义的内容是否合于现代社会，才定信仰不信仰的方针。其他社会主义亦然，无政府主义亦然……尤其我们研究科学之时，碰到一个问题来了，“知之则知之，不知则不知”。因为我们自己知道自己不知的地方，那还其能够知道的一日；倘若不知的而认以为知，那末，不知道的，终究没有知道的日子了；这可说是自己斩断自己求学的机能，所以我们学生求学，第一步就要有科学的精神。

（二）要改造社会必具有委婉的精神　我们在任何环境里面做事，不可过于急进。譬如园丁栽花木，倘只执　镰斧，乱砍荆棘，我相信花木，亦必随之而受伤。务须从旁着想，怎样才能使荆棘去掉，那末，昨用委婉的功夫不可。改造社会，也是一样，尤其是我们学生，因为是领导民众的中间分子，倘用乱刀斩麻的手段，必引起一班民众起畏惧之心，怎样还讲得社会改造？所以我们要社会改造，也去要用委婉的精神，走到民众前头，慢慢地领他们向前走，并且还要告示他们向前走的方法。如此才有社会改造的希望。不然，任你如何轰轰烈烈倡社会改造，社会还是不能改造的。

（三）应付环境必具有坚强人格和百折不回的精神　我们

处在任何环境里面，必抱有坚强人格，不可自由摇动，尤其到了利害生死关头之时，必富有“富贵不能淫，贫贱不能移，威武不能屈”的气慨。这才算得一个真正的大丈夫，真正的国民。现在中国一班学生——其实不仅是学生——在普通情形的时候，各人的性格，好象没有多大的区别。但到危急存亡利害相冲的关头，就看清清楚楚，各人露出自己的本来面目。中国民众的不能团结，这就是一个很大的原因。所以我们处在任何的环境里面，坚强不摇的人格及不屈不挠的精神，决不能少的，尤其在我们学生时代。我现在要与一段历史例子给诸君听，就是明朝的方孝孺先生，当燕王棣篡位之时，使他草《即位诏》，他大书“燕王篡位”四字，因此被夷十族。当燕王篡位之时，势力胜过现在的任何军阀，但不能压迫方先生一笔锥。可见方先生的人格及不怕死的精神，真令人欣佩而尊敬，亦可证明读书人不可忘掉气节。

学生的精神，大概分为上列三点。我觉得在今日的学生中，极宜注意的。因时间仓卒，说得不周到处，请诸君原谅！

《民国日报》（1925年12月1日）

整个的校长

去年我对南开中学学生演讲“学做一个人”，曾经提出五种“非整个的人”，内中有一种就是分心的人。分心的人是个命分式的人，不是个整个的人。整个的人的中心，只放在一桩主要的事上。他的心分散在几处，就是几分之一的人。这类人包括兼差的官吏，跨党的党人，多妻的丈夫。俗语说“心挂两头”就是这类人。这类人是命分式的人，不是整个的人。

做一个学校校长，谈何容易！说得小些，他关系千百人的学业前途；说得大些，他关系国家与学术之兴衰。这种事业之责任不值得一个整个的人去担负吗？现在不然。能力大的人，要干几个校长。能力不够或时间不敷分配的，就要找几个人，合起伙来，共干一个校长。我要很诚恳的进一个忠告：一个人干几个校长，或几个人干一个校长，都不是整个的校长，都是命分式的校长。试问，世界上有几个第一流的学校是命分式的校长创造出来的？国家把个整个的学校交给你，要你用整个的心去做个整个的校长。为个人计，这样可以发展专业的精神，增进职务的效率。为学校计，与其做大人名流的附属机关，不如做一个学者的专心事业。具体的说：去年教育部所开的总长兼校长和校长兼校长的例不但不应沿袭，并且应当根本铲除。我希望现在以总长兼校长的诸公都自动的辞去总长或校长，以校长兼校长的诸公都自动的以担任一校校长为限。至于某大学设立会办一层，似有几人合做校长之情形；此种新例，亦不可开。总之，为国家教育计，为个人精力计，一个人只可担任一个学校校长。整个的学校应当有整个的校长，不应当有命分式的校长。

《新教育评论》第1卷第10期（1926年2月5日）

我之学校观

学校的势力不小。他能教坏的变好，也能教好的变坏。他能叫人做龙也能叫人做蛇。他能叫人多活几岁也叫人早死几年。

学校以生活为中心。一天之内，从早到晚莫非生活即莫非教育之所在。一人之身，从心到手莫非生活即莫非教育之所在。一校之内，从厨房到厕所莫非生活即莫非教育之所在。学校有死的有活的。那以学生全人全校全天的生活为中心的才算是活学校。死学校只专在书本上做工夫。间于二者之间的，可算是不死不活的学校。

学校是师生共同生活的处所。他们必须是共甘苦。甘苦共尝才能得到精神的沟通，感情的融洽。国家大事，世界大势，亦必须师生共同关心。学校里师生应当相依为命不能生隔阂，更不能分阶级。人格要互相感化，习惯要互相锻炼。人只晓得先生感化学生锻炼学生，而不知学生彼此感化锻炼和感化锻炼先生力量之大。先生与青年相处，不知不觉的，精神要年轻几岁，这是先生受学生的感化。学生质疑问难，先生学业片刻不能懈怠，是先生受学生的锻炼。这是不可避免的，也是好现象。总之：师生共同生活到什么程度，学校生气也发扬到什么地步，这是丝毫不可以假借的。李白诗说："黄河之水天上来，奔流到海不复回。"这好比是学生的精神。办学如治水，我们必须以导河的办法把学生的精神宣导出去，使他们能在有益人生的事上去活动，倘不能因势利导，反而强事压制，那末决堤泛滥之祸不能幸免了。

康健是生活的出发点，亦就是学校教育的出发点。学问、道德应当有一个活泼稳固的基础，这基础就是康健。俗话说："百病从口入。"同志们务必注意，办学校是要从厨房饭厅办起的。

生活之发荣滋长必须有吸收滋养料的容量。学校教职员必须虚心，学而不厌。我以为不但教师要学而不厌，就是职员也要学而不厌。因为既以生活为学校的中心，那末各种事务都要含有教育的意义。从校长起一直到厨司校工各有各的职务即各有各的学问要增进。增进之法有二：一是各有应读之书必须读，二是各有应联之专家同志必须联。一个学校要想有美满的生活，必须和知识的泉源通根水管使得新知识可以源源而来。

学校生活只是社会生活一部分。学校不是道士观、和尚庙，必须与社会生活息息相通。要有化社会的能力先要情愿社会化。

学校生活是社会生活的起点。远处着眼，近处着手，改造社会环境要从改造学校环境做起。全校师生应当以美术的精神共同改造学校环境。凡应当改造的一丝一毫都不肯轻松放过才能表现真精神。师生不能共同改造学校环境而侈谈社会改造，未免自欺欺人。

高尚的生活精神不用钱买，不靠钱振作，也不能以没有钱推诿。用钱可以买来的东西，没有钱自然买不来。用钱买不来的东西，没有钱也是可以得到的。高尚的精神如同山间明月江上清风一样，是取之无尽，用之无穷的。没有钱是一事，没有精神又是一事。有钱而无精神和无钱而有精神的学校，我都见识过。精神是不靠钱买的。精神是在我们身上，我们肯放几分精神，就有几分精神。不关有没有钱，只问我肯不肯把精神放出来。

我们要学校生活长得敏捷圆满，就得要把他放在光天化日之下。太阳光底下可以滋长，黑暗里面免不掉微生物。所以我主张学校要给人看。做父母的，管学务的，以及纳教育税的人都要看学校要学校改良。做校长的，做教育的都要欢迎人参观批评以补自己之不足。学校放在太阳光里必能生长，必能继续不断的生长。

我对于学校悬格并不要高，只希望大家把学校办到一个地步，情愿送亲子弟入校求学就算好了。前清往往有办学的人不令子弟入学，时论以为不恕。现今主持省县教育者，亦颇有以子弟无好学校进为虑，甚至送入外人设立学校肄业。真正令人不解。我要有一句话奉劝办学同志，这句话就是“待学生如亲子弟”。

十五、九、二十

《微音》第29—30期合刊（1926年11月5日）

山穷水尽

——给凌济东先生的信

济东吾兄：

接读十二月四日手书，有如蜜糖里夹了黄连，令人吃了又甜又苦，真是别有滋味，感谢之至。

来书说到本社经济情形，已是山穷水尽，这是事实，谁也不能否认。本社已是山穷水尽，本社同人应当怎样呢？我们应当在山穷水尽的时候，找出一条生路来！本社之所以山穷水尽，是因为中国教育已到山穷水尽了。我们倘不能为中国教育找出生路，决不能为本社找出生路。所以我们要拚命的为中国教育找生路，即所以为本社找生路。前在京中所谈的几件事，倘能用全副精神干去，必是长生之道。不但是本社长生之道，也就是中国教育长生之道，也就是中华民国长生之道。

我和叔愚兄所担任的乡村教育运动，现正在杀机四伏中努力进行。我们已经看见光明，前途有无穷的希望，我们已经下了决心：要提倡一百万所学校，去改造一百万个乡村，使个个乡村都得着充分的新生命，合起来造成中华民国的伟大的新生命。吾兄所担任的一件，有同样的重要，吾兄的使命是要培养康健的儿童，造成康健的民族。依据杨先生的推算，吾兄还有五十年的寿源，去干这件伟大的事业。我主张自筹款，自罗人才，积极进行；与人互助则可，决不可因人成事。如果在这五十年当中，吾兄能把国民的康健立一个稳固的基础，叫个个国民都有血色，有生气，有精神，都能抵抗疾病，扫除障碍，战胜困难，也算不虚生一世了。人生为一大事来，做一大事去。我们就在改进社旗帜之下各人干他一件，也是人生极快乐的事情。倘使我比您多活几岁，到您升天的时候，我就在您的坟墓上立一石碑，上面写着"康健之神"四个大字，叫一切病魔化做一只大乌龟，背着这块石碑直到万万年。倘使我比您早死几年，我可以托付桃红、小桃、三桃、仙桃代我为您办这件事。

山穷水尽！好一个山穷水尽！这是天帝给我们另找生路的惟一机会。我们应当欢欢喜喜的接受这个机会，共同为本社找条生路，为中国教育找条生路，为中华民国找条生路。

十五年十二月十四日

《行知书信》（1929年亚东图书馆版）

在劳力上劳心

昨天我讲“教学做合一”的时候，曾经提及“做”是学之中心，可见做之重要。那末我们必须明白“做”是什么，才能明白教学做合一。盲行盲动是做吗？不是。胡思乱想是做吗？不是。只有手到心到才是真正的做。世界上有四种人：一种是劳心的人，一种是劳力的人，一种是劳心兼劳力的人，一种是在劳力上劳心的人。二元论的哲学把劳力的和劳心的人分成两个阶级：劳心的专门在心上做工夫；劳力的专门在苦力上讨生活。劳力的人只管闷起头来干；劳心的人只管闭起眼睛来想。劳力的人，便成了无所用心，受人制裁；劳心的人便成了高等游民，愚弄无知：以致弄成“劳心者治人，劳力者治于人”的现象。不但如此，劳力而不劳心，则一切动作都是囿于故常，不能开创新的途径；劳心而不劳力，则一切思想难免玄之又玄，不能印证于经验。劳力与劳心分家，则一切进步发明都是不可能了。所以单单劳力，单单劳心都不能算是真正之做。真正之做须是在劳力上劳心。在劳力上劳心是真的一元论。在这里我们应当连带讨论那似是而非的伪一元论。一次我和一位朋友讨论本校主张在劳力上劳心，我的朋友说：“你们是劳力与劳心并重吗？”我说：“我们是主张在劳力上劳心，不是主张劳力与劳心并重。”劳心与劳力并重虽似一元论，实在是以一人之身而分为两段：一段是劳心生活，一段是劳力生活。这种人的心与力都是劳而没有意识的。这种人的劳心或劳力都不能算是真正之做。真正之做只是在劳力上劳心，用心以制力。这样做的人要用心思去指挥力量，使能轻重得宜，以明对象变化的道理。这种人能以人力胜天工。世界上一切发明都是从他那里来的。他能改造世界，叫世界变色。我们中国所讲的科学原理，古时有"致知在格物"一语，朱子用"在即物而穷其理"来解释，似乎是没有毛病的了。但是王阳明跟着朱子的话进行便走入歧途。他叫钱友同格竹，格了三天，病了。他老先生便自告奋勇，亲自出马去格竹——即竹而穷竹理——格了七天，格不出什么道理来，也就病了。他不怪他自己格得不对，反而说天下之物本无可格，所能格的，只有自己的身心。他于是从格物跳到格心，中国的科学兴趣的嫩芽便因此枯萎了。假使他老先生起初不是迷信朱子的呆板的即物穷理，而是运用心思指挥力量以求物之变化，那便不致于堕入迷途。在劳力上劳心，是一切发明之母。事事在劳力上劳心，便可得事物之真理。人人在劳力上劳心便可无废人，便可无阶级。征服天然势力，创造大同社会，是立在同一的哲学基础上的。这个哲学的基础便是"在劳力上劳心"。我们必须把人间的劳心者，劳力者，劳心兼劳力者一齐化为在劳力上劳心的人，然后万物之真理都可一一探获，人间之阶级都可一一化除，而我们理想之极乐世界乃有实现之可能。这个担子是要教师挑的。惟独贯澈在劳力上劳心的教育才能造就在劳力上劳心的人类，也惟独在劳力上劳心的人类才能征服自然势力，创造大同社会。最后，我想打一个预防针，以免误解。一次有一位朋友告诉我说："你们在劳心上劳力的主张，我极端的赞成。"我说："如果是在劳心上劳力，我便极端不赞成了。我们的主张是'在劳力上劳心'，不是'在劳心上劳力'。"

十一月三日

《中国教育改造》（1934年亚东图书馆版）

以教人者教己

“以教人者教己”是本校根本方法之一，我们也必须说得很明白，方知他效用之大。昨天邵先生教纳税计算法，就是“以教人者教己”的例证。邵先生因为要教大家计算纳税，所以就去搜集种种材料，并把这些材料融会贯通起来，然后和盘托出，教大家计算。他因为要教大家，所以先教自己。他是用教大家的材料教自己。他年年纳税，但是总没有明白其中的内幕，今年为什么就弄得这样澈底明白呢？因为要教你们，所以他自己便不得不格外明白了。他从教纳税上学得的益处怕比学生要多得多哩。近来韩先生教武术，不是要一位同学发口令吗？这便是以教人者教己。这位同学发口令时便是以同学教同学。因为要他发口令，所以他对于这套武术的步凑就格外明瞭，他在发口令上学，便是以教人者教己。第三中心小学潘先生是素来没有学过园艺的，但是第三中心小学有园艺一门功课，他必得教。既然要教园艺，他对于园艺便要格外学得清楚些。他拿园艺教小学生的时候便是拿园艺来教自己。我们从昨天起开始交际教学做。第一次轮到的便是孙从真女士。今天有客来，便须由他招待，来宾到校必定要问许多问题，孙女士必须一一答覆。但他是一位新学生，对于学校的经过历史，现在状况，及未来计划都是没有充分明瞭。因为要答覆来宾的问题，他必须预先把这些事情弄得十分明白，才不致给来宾问倒。他答复来宾的问题时，从广义的教育看来，他便是在那儿教，来宾便是在那儿学。为了要答复来宾的问题，他自己就不得不先去弄得十分明白，这便是以教人者教己。我们平常看报，多半是随随便便的。假使我们要教小学生回家报告国家大事，那末，我们看报的时候，便不得不聚精会神了。我们这样看报，比起寻常的效率不知道要大得几多倍哩。这便是借着小孩讲国家大事来教自己明瞭国家大事。这便是以教人者教己。又比如锄头舞的歌词是我做的，对于这套歌词，诸位总以为我做了之后便是十分明瞭了。其实不然。我拿这歌词教燕子矶小学生时，方把他弄得十分明白。以前我可以说只有七八分明白，没有十分明白，自己做的歌词还要等到教人之后才能十分明白，由此可见“以教人者教己”的效力之宏。从这些例证上，我们可以归纳出一条最重要的学理。这学理就是：“为学而学不如为教而学之亲切。为教而学必须设身处地，努力使人明白；既要努力使人明白，自己便自然而然的格外明白了。”

十一月五日

《中国教育改造》（1934年亚东图书馆版）

如何使幼稚教育普及？

教人要从小教起。幼儿比如幼苗，必须培养得宜，方能发荣滋长，否则幼年受了损伤，即不夭折，也难成材。所以小学教育是建国之根本，幼稚教育尤为根本之根本。小学教育应当普及，幼稚教育也应当普及。如何使幼稚教育普及是我们最关心的一个问题。依我看来，进行幼稚教育之普及要有三个步骤。

（一）改变我们的态度　一般人的态度总以小孩子的教育不关重要，早学一两年，或迟学一两年，没有多大关系。我们很漠视小孩了的需要，能力，兴味，情感。因此，便不知不觉的漠视了他们的教育，把他们付托给老妈子，付托给街上的伙伴。在这种心理之下，幼稚园是不会发达的。我们要想提倡幼稚园必须根本化除这种漠视小孩子的态度。我们必须唤醒国人明白幼年的生活是最重要的生活，幼年的教育是最重要的教育。

关心幼儿的父母，明白幼稚教育之重要，并且愿意送子女进幼稚园。但是他们有一种牢不可破的成见也是要不得的。这成见就是不愿他们的子女与贫苦人家的子女为伍。他们以为自己的子女是好的，贫苦人家的子女是不好的。他们以为贫苦人家的子女进了幼稚园便要把他们的子女带坏了。因此，幼稚园便成了富贵人家和伪智识阶级的专利品。我们应当知道民国只有人中人，没有人上人，也就没有人下人。人中人是要从孩中孩造就出来的。教育者的使命是要运用好孩子化坏孩子，不应当把好孩子和坏孩子分开，更不应当以为富贵人家的孩子是好孩子，贫苦人家的孩子是坏孩子；尤其不可迁就富贵人家的意见排斥贫苦人家的儿女。富贵人家及伪智识阶级的父母倘不愿把亲生子女做新中国被打倒之候补者，就应当把自己的子女和不幸的人家的子女放在一个幼稚园里去受陶冶。办理幼稚园的先生倘若不愿把幼稚园当作富贵太太们打麻将时用之临时托儿所，便应当把整个的幼稚园献给全社会的儿童。可是这样一来，幼稚园教师便须明白他们的使命：不是随随便便的放任，乃是要运用好孩子化坏孩子，运用坏孩子的好处化好孩子的坏处。

承认幼年生活教育之重要，是普及幼稚园之出发点；承认幼稚园为全社会幼儿的教育场所，是普及正当幼稚园的出发点。我们必须得到这两种态度，幼稚园才有普及的希望。

（二）改变幼稚园的办法　幼稚园的办法是费钱的，不想法节省，必不容易普及。最需要幼稚园的地方是乡村与女工区。女工区的幼稚园，还可由工厂担负经费，纵使用费太多，尚易筹措。乡间是民穷财尽，费钱较少之小学尚且不易普及，何况费钱加倍的幼稚园呢？所以在乡间推行幼稚园好比是牵只骆驼穿针眼。我们必须向着省钱的方针去谋根本改造，幼稚园才有下乡的希望，才有普及的希望。

（三）改变训练教师的制度　普及教育的最大难关是教师

的训练。我们要想普及幼稚教育至少需要教师一百五十万人。这是一个最难的问题，因为不但是经费浩大，并且训练不得其法，受了办理幼稚园的训练，不一定去办幼稚园，或者是去办出一个不合国情的幼稚园，那就糟了。幼稚师范是要办的，但幼稚师范必须根本改造，才能培养新幼稚园之师资。纵然如此，我们也不能专靠正式幼稚师范去培养全部的师资。我们现在探得一条新途径，很能使我们乐观。试验乡村师范学校的幼稚师范院在燕子矶设了一所乡村幼稚园，叫做第二中心幼稚园。开办之初便收了三位徒弟，跟着幼稚教师徐先生学办幼稚园，张宗麟先生任指导。前天他和我谈起，幼稚园的徒弟制似可推行到小学里去，并且可以解除乡村小学教员的一个大问题——生活寂寞。我说："这是的的确确的。徒弟制不但能解除生活寂寞，并且能促进普及教育之进行。"普及小学教育及幼稚教育非行徒弟制不可。倘以优良幼稚园为中心，每所每年训练两三位徒弟，那末，多办一所幼稚园，即是多加一所训练师资的地方，这是再好没有的办法。我看三百六十行，行行有徒弟，行行都普及。木匠到处都有，他是怎样办到这个地步的？徒弟制。裁缝匠，泥水匠，石匠，铁匠和三万万四千万种田匠，那一行不是这样普及的呢？老实说，教学做合一主义便是沥清过的徒弟制。徒弟制的流弊是：劳力而不劳心，师傅不肯完全传授，对于徒弟之虐待。假使我们能采徒弟制之精华而除去他的流弊，必定是很有成效的。若把这种办法应用到幼稚园里来，我是深信他能帮助幼稚教育普及的。我和陈鹤琴先生近来有一次很畅快的谈话。他主张拿鼓楼幼稚园来试一试。

鼓楼幼稚园是最富研究性的，现在发了宏愿，要招收徒弟来做推广幼稚师资之试验，是再好没有的了。

以上所说的普及幼稚教育的三个步骤，不过是我个人所见到的，一定有许多遗漏的地方。关心幼儿幸福的同志，倘以别的好方法见教，那就感激不尽了。

《中国教育改造》（1934年亚东图书馆版）

“伪智识”阶级

自从俄国革命以来，“智识阶级”（Intelligentsia）这个名词忽然引起了世人之注意。在打倒智识阶级呼声之下，我们不得不问一问：什么是智识阶级？智识阶级是怎样造成的？应当不应当把他打倒？这些问题曾经盘旋于我们心中，继续不断的要求我们解答。近来的方向又转过来了，打倒智识阶级的呼声一变而为拥护智识阶级的呼声。我们又不得不问一问：什么是智识阶级？智识阶级是怎样造成的？应当不应当将他拥护？在这两种相反的呼声里面，我都曾平心静气的把这些问题研究了一番，我所得的答案是一致的。我现在要把我一年来对于这些问题考虑的结果写出来与有同样兴趣的朋友们交换意见。

我们要想把智识阶级研究得明白，首先便须分别“智识”与“智慧”。智慧是生成的，智识是学来的。孟子说：“由射于百步之外也：其至尔力也，其中非尔力也。”会射箭的人能百步穿杨。射到一百步的力量是生成的限度。到了一百步还能穿过杨树的一片叶子，那便是学来的技巧了。这就是智慧与智识的分别。又比如言语：说话的能力是生成的，属于智慧；说中国话、日本话、柏林话、拉萨话，便是学成的，属于智识。人的禀赋各不相同，生成的智慧至为不齐。有的是最聪明的，有的是最愚笨的。

但从最愚笨的人到最聪明的人，种种差别都是渐渐的推上去的。假使我们把一千个人按着聪明的大小排列成行，我们就晓得最聪明的是少数，最愚笨的也是少数，而各人和靠近的人比起来都差不了几多。我们只觉得各个不同并找不出聪明人和愚笨人中间有什么鸿沟。我们可以用一个最浅近的比方把这个道理说出来。人的长矮也是生成的。我们可以把一千个人依着他们的长矮顺序排列：从长子看到矮子，只见各人渐渐的一个比一个矮；从矮子看到长子，只见各人也是渐渐的一个比一个长。在寻常状态之下，我们找不出一大群的长子，叫做长子阶级，也找不出一大群的矮子，叫做矮子阶级。我们在上海的大马路上或是在燕子矶关帝庙会里仔细一望，就可以明白这个道理。从人之长矮推论到人之智愚，我们更可明白生成之智慧只有渐渐的差别，没有对垒的阶级。智慧既无阶级，自然谈不到打倒拥护的问题。

其次我们要考察知识的本身。知识有真有伪。思想与行为结合而产生的智识是真智识。真智识的根是安在经验里的。从经验里发芽抽条开花结果的是真知灼见。真知灼见是跟着智慧走的。同处一个环境，同等的智慧可得同等的真知灼见。智慧是渐渐的相差，所以真知灼见也是渐渐相差。智慧既无阶级，真知识也就没有阶级。俗语说："三百六十行，行行出状元。"真知识只有直行的类别，没有横截的阶级。各行的人有绝顶聪明的人，也有绝不中用的人。但在他们中间的人，智力上的差别和运用智力取得之真知识的差别都是渐渐的，都是没有阶级可言。倘使要把三百六十行的上智联合起来，称为智识阶级，再把三百六十行的下愚联合起来，称为无智识阶级，那就是一件很勉强很不自然的事了。

照这样说来，世界上不是没有智识阶级了吗？不，伪知识能成阶级！什么是伪知识？不是从经验里发生出来的知识便是伪知识。比如知道冰是冷的，火是热的是知识。小孩儿用手摸着冰便觉得冷，从摸着冰而得到“冰是冷的”的知识是真知识。小孩儿单用耳听见妈妈说冰是冷的而得到“冰是冷的”的知识是伪知识。小孩儿用身靠近火便觉得热，从靠近火而得到“火是热的”的知识是真知识。小孩子单用耳听妈妈说火是热的而得到“火是热的”的知识是伪知识。有人在这里便起了疑问：“如果样样智识都要从自己经验里得来，岂不是麻烦得很？人生经验有限，若以经验范围智识，那末所谓智识岂不是也很有限了吗？没有到过热带的人，就不能了解热带是热的吗？没有到过北冰洋的人，就不能了解北冰洋是冷的吗？”这些疑问是很重要的，我们必须把他们解答清楚，方能明瞭真知识与伪智识的分别。我只说真智识的根是要安在经验里，没有说样样智识都要从自己的经验上得来。假使我们抹煞别人经验里所发生的智识而不去运用，那真可算是世界上第一个大呆子。我们的问题是要如何运用别人经验里所发生的智识使他成为我们的真智识，而不要成为我们的伪智识。比如接树：一种树枝可以接到别一种树枝上去使他格外发荣滋长，开更美丽之花，结更好吃之果。如果把别人从经验发生之智识接到我们从自己经验发生之智识之上去，那末，我们的智识必可格外扩充，生活必可格外丰富。我们要有自己的经验做根，以这经验所发生的智识做枝，然后别人的智识方才可以接得上去，别人的智识方才成为我们知识的一个有机体部分。这样一来，别人的智识在我们的经验里活着，我们的经验也就生长到别人智识里去开花结果。至此，别人的智识便成了我们的真智识。其实，他已经不是别人的智识而是自己的智识了。倘若对于某种智识，自己的经验上无根可找，那末无论如何勉强，也是接不活的。比如在厨房里烧过火的人，或是在火炉边烤过火的人，或是把手给火烫过的人，便可以懂得热带是热的；在冰房里去过的人，或是在冰窖里去过的人，或是做过雪罗汉的人，便可以懂得北冰洋是冷的。对于这些人，“热带是热的，北冰洋是冷的”，虽从书本上看来，或别人演讲时听来，也是真智识。倘自己对于冷热的经验丝毫没有，那末，这些知识虽是学而时习之，背得熟透了，也是于他无关的伪智识。

智识的一部分是藏在文字里，我们的问题又成为：“什么文字是真智识？什么文字是伪智识？”经验比如准备金，文字比如钞票。钞票是准备金的代表，好一比文字是经验的代表。银行要想正经生意必须根据准备金去发行钞票。钞票是不可滥发的。学者不愿自欺欺人，必须根据经验去发表文字，文字是不可滥写的。滥发钞票，钞票便不值钱；滥写文字，文字也不值钱。欧战后，德国马克一落千丈，当时有句笑话，说是：“请得一席客，汽车载马克。”这句话的意思是马克纸币价格跌的太低，寻常请一席酒要用汽车装马克去付帐。这是德国不根据准备金而滥发纸币之过。滥发钞票，则虽名为钞票，几是假钞票。吾国文人写出了汗牛充栋的文字，青年学子把他们在脑袋子里都装满了，拿出来，换不得一肚饱。这些文字和德国纸马克是一样的不值钱，因为他们是在经验以外滥发的文字，是不值钱的伪智识。

我国先秦诸子如老子、孔子、孟子、庄子、墨子、杨子、荀子等都能凭着自己的经验发表文字，故有独到的议论。他们好比是根据自己的准备金发可靠的钞票。孔子很谦虚，只说“述而不作，信而好古”，自居为根据古人的准备金为古人清理钞票，他只承认删诗书，定礼乐，为取缔滥发钞票的工作。孟子虽是孔家的忠实行员，但心眼稍窄，只许孔家一家银行存在，拼命的要打倒杨家、墨家的钞票。汉朝以后，学者多数靠着孔子的信用，继续不断的滥发钞票，甚至于又以所滥发的钞票做准备库，滥上加滥的发个不已，以至于汗牛充栋。韩文公的脾气有些像孟子，他眼看佛家银行渐渐的兴旺，气愤不过，恨不得要拼命将他封闭，把佛家银行的行员杀得干干净净。他至今享了“文起八代之衰”的盛名。但据我看来，所谓“文起八代之衰”，只是把孔家银行历代经理所滥发的钞票换些新票而已，他又乘换印新票的时候顺带滥发了些新钞票。程、朱、陆、王纵有许多贡献及不同的地方，但是他们四个人大部分的工作还是根据孔、孟合办银行的招牌，和从前滥发的钞票去滥发钞票。他们此时正与佛家银行做点汇兑，所以又根据佛家银行的钞票，去滥发了些钞票。颜习斋看不过眼，谨谨的守着孔家银行的准备库，一方面大声疾呼的要严格按着准备金额发行钞票，一方面要感化佛家银行行员使他无形解体。他是孔家银行里一位最忠实的行员，可是他所谨守的金库里面有许多金子已经上锈了。等到八股发达到极点，朱注的“四书”被拥护上天的时候，全国的人乃是以朱子所发的钞票当为准备金而大滥特滥的去发钞票了。至此中国的智识真正濒于破产了。吴稚晖先生劝胡适之先生不要迷信整理国故，自有道理。

但我觉得整理国故如同清理银行帐目一样，是有他的位置的。我们希望整理国故的先生们经过很缜密的工作之后，能够给我们一本报告，使我们知道国故银行究有几多准备金，究能发行多少钞票，那些钞票是滥发的。不过他们要谨慎些，千万不可一踏进银行门，也去滥发钞票。如果这样，那这笔帐更要糊涂了。总括一句：只有从经验里发生出来的文字才是真的文字智识，凡不是从经验里发生出来的文字都是伪的文字智识。伪的文字智识比没有准备金的钞票还要害人，还要不值钱。

伪的智识，伪的文字智识既是害人又不值钱，那末，他如何能够存在呢？产生伪智识的人，应当连饭都弄不到吃，他们又如何能成阶级呢？伪智识和伪钞票一样必须得到特殊势力之保障拥护才能存在。“伪智识”阶级是特殊势力造成的。这特殊势力在中国便是皇帝。

创业的皇帝大都是天才。天才忌天才是很自然的一件事。天下最厉害的无过于天才得了真智识。如果政治的天才从经验上得了关于政治的真知灼见，谁的江山也坐不稳。做皇帝的人，特别是创业之主，是十分明了此中关系的，并且是一百分的不愿意把江山给人夺去。他要把江山当作子孙万世之业，必得要收拾这些天才。收拾的法子是使天才离开真智识去取伪智识。天才如何就他的范围，进他的圈套呢？说来倒很简单。皇帝引诱天才进伪智识的圈套有几个法子。一，照他的意旨在伪智识上用功，便有吃好饭的希望。俗话说：“只有穷秀才，没有穷举人。”伪智识的工夫做得愈高愈深，便愈能解决吃饭问题。二，照他的意旨在伪智识上用功便有做大官的希望。世上之安富尊荣，尽他享受。中了状元还可以做驸马爷，娶皇帝的女儿为妻。穿破布烂棉花去赴朝考的人，个个都有衣锦回乡的可能。三，照他的意旨在伪智识上用功，便有荣宗耀祖的希望。这样一来，全家全族的人都在那儿拿着鞭子代皇帝使劲赶他进圈套了。倘使他没有旅费，亲族必定要为他凑个会，或是借钱给他去应试。倘使他不去，又必定要用“不长进”一类的话来羞辱他，使他觉得不去应试是可耻的。全家全族的力量都做皇帝的后盾，把天才的儿孙像赶驴子样一个个的赶进皇帝的圈套，天下的天才乃没有能幸免的了。

“伪智识”阶级不是少数人可以组织成功的。有了皇帝做大批的收买，全社会做这大批生意的买办，个人为名利权位所诱而不能抵抗出卖，“伪智识”阶级乃完全告成。依皇帝的目光看来，这便是“天下英雄，入我彀中”。雄才大略的帝王个个有此野心，不过唐太宗口快，无意中把他说破罢了。最可叹的是皇帝手段太辣。一方面是积极的推重伪智识，所谓“满朝朱紫贵，尽是读书人”一类的话，连小孩都背熟了。一方面是消极的贱视伪智识以外的人，所谓“万般皆下品，惟有读书高”，又是从娘胎里就受迷的。所以不但政治天才入了彀，七十二行，行行的天才都入了他的圈套了。天才是遗传的，有其父必有其子。老子进了圈套，儿子、孙子都不得不进圈套，只要“书香之家”四个大字，便可把全家世世代代的天才圈入“伪智识”阶级。等到八股取士的制度开始，“伪知识”阶级的形成乃更进一步。以前帝王所收买的智识还夹了几分真，等到八股发明以后，全国士人三更灯火五更鸡去钻取的智识乃是澈底不值钱的智知识了。这种智识除了帝王别有用意之外，再也没有一人肯用钱买的了；就是帝王买去也是丝毫无用，也是一堆一堆的烧去不要的。帝王是醉翁之意不在酒，他那里是收买伪智识，他只是用名利、权位的手段引诱全国天才进入“伪智识”的圈套，成为废人，不能与他的儿孙争雄罢了。

这些废人只是为“惜字炉”继续不断的制造燃料，他们对于智识的全体是毫无贡献的。从大的方面看，他们是居于必败之地。但从他们个人方面看，却也有幸而成的与不幸而败的之分别。他们成则为达官贵人，败则为土豪、劣绅、讼棍、刀笔吏、教书先生。最可痛心的，就是这些废人应考不中，只有做土豪、劣绅、讼棍、刀笔吏、教书先生的几条出路。他们没有真本领赚饭吃，只得拿假智识去抢饭吃，骗饭吃。土豪、劣绅、讼棍、刀笔吏之害人，我们是容易知道的；教书先生之害人更广、更深、更切，我们是不知道的。教书先生直接为父兄教子弟，间接就是代帝王训练“伪智识”阶级。他们的智识，出卖给别人吧，嫌他太假，出卖给皇帝吧，又嫌他假得不彻底，不得已只好拿来哄骗小孩子。这样一来，非同小可，大书呆子教小书呆子，几几乎把全国中才以上的人都变成书呆子了，都勾引进“伪智识”阶级了。“伪智识”阶级的势力于是乎雄厚，于是乎牢不可破，于是乎继长增高，层出无穷。

皇帝与民争，用伪智识来消磨民间的天才，确是一个很妙的计策。等到民间的天才消磨已尽，忽然发生了国与国争，以伪智识的国与真智识的国抗衡，好一比是拿鸡蛋碰石头，那有不破碎的道理！雅片之战，英、法联军之战，甲午之战，没有一次幸免，皇帝及大臣才明白伪智识靠不住，于是废八股，兴学堂。

这未始不是一个转机。但是政权都操在“伪智识”阶级手中，他们那会培养真知识？他们走不得几步路，就把狐狸尾巴拖出来了。他们自作聪明的把外国的教育制度整个的抄了一个来。他们曾用眼睛、耳朵、笔从外国贩来了些与国情接不上的伪智识。他们把书院变成学堂，把山长改为堂长。“四书”用不着了，一律换为各种科学的教科书。标本、仪器很好看，姑且拣那最好看的买他一套，在玻璃柜里陈列着，可以给客人参观参观。射箭很不时髦，要讲尚武精神，自须学习兵操。好，他们很信他们的木头枪真能捍国卫民咧！这就算是变法！这就算是维新！这就算是自强！一般社会对于这些换汤不换药的学堂却是大惊小怪，称他们为洋学堂，又称学堂里的学生为洋学生。办学的苦于得不到学生，于是除供饭食发零用外，还是依旧的按着学堂等级给功名：小学堂毕业给秀才，中学堂毕业给贡生，高等学堂毕业给举人，大学堂学生给进士，外国留学回来的赴朝考及第给翰林点状元。社会就称他们为洋秀才、洋贡生、洋举人、洋进士、洋翰林、洋状元。后来废除功名，改称学士、硕士、博士等名目，社会莫明其妙了。得到这些头衔的人还是仍旧用旧功名翻译新功名，说是学士等于秀才，硕士等于举人，博士等于翰林，第一名的博士便是从前的状元。说的人自以为得意，听的人由羡慕而称道不止，其实这还不是穿洋装的老八股吗？穿洋装的老八股就是洋八股。老八股好比是根据本国钞票发行的钞票；洋八股好比是根据外国钞票去发行的钞票。他们都是没有准备金的假钞票。洋八股和老八股虽有新旧之不同，但同是不是从经验里发生的真智识，同是不值钱的伪智识。从中国现在的情形看来，科学与玄学之争，只可说是洋八股与老八股之争。书本的科学，陈列的实验，岂能当科学实验之名。他和老八股是同样无用的东西。请看三十年来的科学，发明在那里？制造在那里？科学客倒遇见不少，真正的科学家在那里？青年的学子！书本的科学是洋版的八股，在讲堂上高谈阔论的科学客，与蒙童馆里的冬烘先生是同胞兄弟，别给他们骗走了啊！

所以中国是有“伪智识”阶级。构成中国之“伪智识”阶级有两种成分：一是老八股派，二是洋八股派。这个阶级既靠伪智识骗饭吃，不靠真本领赚饭吃，便没有存在的理由。

这个阶级在中国现状之下已经是山穷水尽了。收买伪智识的帝王已经消灭，再也找不出第二个特殊势力能养这许多无聊的人。但因为惰性关系，青年们还是整千整万的向着这条死路出发，他们的亲友仍旧是拿着鞭儿在后面使劲的赶。可怜得很，这些青年个个弄得焦头烂额，等到觉悟回来，不能抢饭的便须讨饭。“伪智识”阶级的末路已经是很明显了，还用得着打倒吗？又值得拥护吗？

但是一班狡猾的“伪智识”者找着一个护身符，这护身符便是“读书”两个字。他们向我们反驳说：“书也不应当读了吗？”社会不明白他们葫芦里卖的是什么药，也就随声附和的说：“是啊！书何能不读呢！”于是“读书不忘救国；救国不忘读书”，便成了保障“伪智识”阶级的盾牌。所以不把读书这两个字说破，“伪智识”阶级的微生物便能在里面苟延残喘。我们应当明白，书只是一种工具，和锯子、锄头是一样的性质，都是给人用的。我们与其说“读书”，不如说“用书”。书里有真智识和伪智识，读他一辈子，不能辨别他的真伪；可是用他一下，书的本来面目便显了出来，真的便用得出去，伪的便用不出去，也如同真的锯子才能锯木头，真的锄头才能锄泥土，假的锯子、锄头一用到木头、泥土上去就知道他不行了。所以提到书便应说“用书”，不应说“读书”，那“伪智识”阶级便没得地方躲了。与“读书”联成一气的有“读书人”一个名词。这个名词，更要不得。假使书是应当读的，便应使人人有书读。决不能单使一部分的人有书读，叫做读书人；又一部分的人无书读，叫做不读书人。比如饭是应当吃的，便应使人人有饭吃。决不能使一部分的人有饭吃，叫做吃饭的人；又一部分的人无饭吃，叫做不吃饭的人。从另一方面看，只知道吃饭，不成为饭桶了吗？只知道读书，不成为有脚可以走路的活书架子了吗？我们为避免堕入“伪智识”阶级的诡计起见，主张用书不主张读书。农人要用书，工人要用书，商人要用书，兵士要用书，医生要用书，律师要用书，画家要用书，教师要用书，音乐家要用书，戏剧家要用书，三百六十行，行行都要用书。行行都成了用书的人，真智识才愈益普及，愈能发现了。书是三百六十行的公物，不是读书人所能据为私有的。等到三百六十行都是用书人，读书的专利营业便完全打破，读书人除非改行，便不能混饭吃了。这个日子已经来到，大家还不觉悟，只有死路一条。凡受过中国新旧教育的人，都免不了有些“伪智识”的成分和倾向。为今之计，我们应当痛下四个决心：

一、从今以后，我们应当放弃一切固有的伪智识；

二、从今以后，我们应当拒绝承受一切新来的伪智识；

三、从今以后，我们应当制止自己不要再把伪智识传与后辈；

四、从今以后，我们应当陪着后起的青年共同努力去探真智识的泉源。

最后，我要郑重的说：二十世纪以后的世界属于努力探获真智识的民族。凡是崇拜伪智识的民族都要渐就衰弱以至于灭亡。三百六十行中决没有教书匠、读书人的地位，东西两半球上面也没有中华书呆国的立足点。我们个人与民族的生存都要以真智识为基础。伪智识是流沙，千万不可在他上面流连忘返。早一点觉悟，便是早一点离开死路，也就是早一点走向生路。这种生死关头，十分显明，绝无徘徊迟疑之余地，起个取真去伪的念头是走向生路的第一步。明白伪智识的买主已经死了永不复生并且绝了种，是走向生路的第二步。以做“读书”人或“读书”先生为最可耻，是走向生路的第三步。凡事手到心到——在劳力上劳心——便是骑着千里驹在生路上飞跑了。

《中国教育改造》（1928年亚东图书馆版）

介绍一件大事

——致大学生的信

我最敬爱的同学：

人生为一大事来，做一大事去。我现在愿向诸位介绍一件大事。本来事业并无大小：大事小做，大事变成小事；小事大做，则小事变成大事。小人居高位，如在厅里挂画像，挂得愈高，愈见其小。我们试把一部二十四史从头数；便知道有多少人是把大事小做了，伯斯笃当初研究那人眼不见的微生物，便好像是一件很小的事情。但是等到痨病中发现以后，因他得救的人足足可以装满一个南京城。这是小事大做的效果。

我所要介绍给诸位的也是一件小事，不过诸位要将他大做起来，也就可以变成一件大事。请看，三家村，五家店，当中办了一个小学校，在这个小学校里面当一个教员，初看起来是何等一件小事。有许多人简直当他为一件不得已而为之的职业。但是一个小学校，少则有一二十位学生，多则一二百。老百姓送他们进学校，便是不知不觉地把整个的家运交付给小学教员。小学教员教得好，则这一二十、一二百家的小孩子可以成家立业。否则，变成败家子，永远没有希望了。所以小而言之，一个小学生之好坏，关系全村之兴衰。国家设立小学，是要造就国民以谋全民幸福。因此，全民族的民运都操在小学教员手里。德国战胜法兰西，归功于小学教师，这是人所知道的。中国之所以受不平等条约的束缚和帝国主义之宰割，追到根源，也要算教书先生为罪魁。这也是我们所不能否认的。所以小学教师之好坏，简直可以影响到国家的存亡和世运之治乱。我记得一个土地庙前写着一副对联说："庙小乾坤大，天高日月长。"小学校便有如此气魄。

这都是说小学虽小，是应当小题大做的。但是为何想到诸位头上来？说穿也很简单。要想小学办得好，先要造就好教师，要想造就好教师，先要造就办师范学校，造就教师的教师。中国以农立国，住在乡村的人民占全人数百分之八十五，约计有三万四千万。乡下学龄儿童以四年教育计算，约有三千四百万。每位教师教四十小学生，全国便要一百万小学教师，其中乡村教师就要占八十万人。用九年工夫训练这些乡村教师，便要二万八千位乡村师范指导员；用三年工夫训练他们，便要八万五千位乡村师范指导员。晓庄学校已经决定，自本年秋季开始乡村师范指导员之训练。我们很希望抱着兴味的大学生看清国家未来的需要，早日下乡来和我们共同挑起这个担子。晓庄学校对于诸位没有多大贡献，但在下列四件事情上，情愿尽心竭力帮助大家进修：

（一）生活农民化　我们做乡村工作的人，必先农民化，才能化农民。我们与农民共生活同甘苦，才能了解他们的困难，帮助他们解决。这是《大学》"亲民"的道理，我们可以引导大家实行的。

（二）学术儿童化　乡村师范的职务，是训练小学教师；

故他的指导员和普通中学的教师不同，必须明白儿童生活才能胜任。诸位所学的高深学问，必须向儿童需要折腰。儿童是诸位的总指导，我们只是儿童的助手。

（三）团体行动纪律化　我们民族最大的病根，是数千年传下来的无政府脾气！那凿井而饮、耕田而食的农民，连团体里都充满了这种脾气。要想铲除这个病根，非有严明的纪律，则一盘散沙之民族断难幸存，我们可以帮助大家，放弃个人的自由，以谋公共的幸福。

（四）建设工作下层化　种树栽花，要下面可以安根，上面可以出头，才有活的可能。人生如此，立国也如此。但有好些人只顾向上出头，忘了向下安根，所以枯死。我们应当明白，最下层的工作是最重要的工作。这种工作，又须彻底去干。一次，工人为我们凿井，没有挖到泉下就中止了，临行，要我写字送他，我就送他八个字："下层工作，务须澈底。"我们愿意同大家一齐下井，挖到活泉为止。

我们中国已经堕入老八股和洋八股的深渊里。抱着伪智识当宝贝的人，譬如在水里向着反光跑，愈跑愈近死路。惟有放弃虚光，才是走向生路。诸位如愿加入我们的团体，和我们共找生路，我们的诚恳请求是："出空脑袋里的伪知识。"我们又要报告我们并没有什么真智识奉送诸位。真智识是要自得的。但必须出空伪智识，才有获得真智识的可能。这是我们欢迎大家下乡时所要特别说明的。

十七年八月十五日

《知行书信》（1929年亚东图书馆版）

今后中华民族的使命

我有一种脾气，要回想以往的事，是很痛苦的；想未来的事，是非常快乐的。所以，我很喜欢谈未来的事。

今年的国庆纪念和去年的国庆纪念不同之点，就在去年的国庆纪念的时候，北伐还没有完成；今年的国庆纪念的时候，北伐已经完成了。但是现在在形式上北伐虽则已经成功了，而我们真正的国民革命还没有成功呢。刚才我们在唱《国民革命歌》的时候，我们只唱了第二首，没有唱第一首歌，我以为第一首歌现在还是应当要唱的。我们现在仍是要“努力国民革命”，仍是要“齐奋斗”哩！

我们站在教育的立场上，我们应当把教育的力量来建设新中国，我们的使命是要唤醒民众，使民众团结起来！

教育的力量与别种力量不同之点，就在教育的力量是能够达到个个民众的内心里头去的；他能够使民众自己从“心里”发出一种力量来自己团结的。别的力量不能达到内里而只是外面的，他像绳一样，只能把东西捆起来，绳子一断就散了。所以我们可以说，现在国民革命还没有成功，因为中华的民众还不能自己团结起来。现在我们只有努力教育，用教育的力量来建设新中华！

这是我今天所要讲的第一点。

还有第二点要说的。譬如我们现在南京要到北平或天津去，是不能一直去的，一定要绕道而到北平或天津。这是什么道理？因为我们的济南，现在还是给日本人占据住。

现在我们要叫日本人回日本去，只有我们自己先团结起来，才能够叫他回去。

听说，日本有很多架飞机，他们只要十分之一的飞机飞到南京来，我们的中华民国就会根本动摇。这是我们应当注意的。我们要下一个决心，用教育的力量使民众团结起来，叫日本人回到日本去。

我们晓庄学校的理想，是要用教育的力量来叫日本人自己回到日本去，是要用教育的力量来建设新中华民国！所以现在日本方面很注意我们。最近我有一位朋友新从日本回来。他说，日本人已在注意晓庄学校的理想和办法，文字方面如《支那之理想学校》等，已有几篇发表。

假使我们晓庄学校不能叫日本人停止横蛮的行动，不能叫日本人回到日本去，那么晓庄学校便算失败的。

我们要叫日本人回到日本去，并不是帝国主义的思想。因为我们只是叫日本人回到日本去，不是要压迫日本民族，打倒日本人。只叫日本人回到日本去含有两层意义：一、叫日本的坏人回到日本去重受本国的教训，不敢再到中国来害中国人；二、叫日本的好人带了民主思想和大同理论回到日本去从事日本人的心理改造，使得他们把日本民国建设好了，可以做我们的同志，通力合作的去建设大同世界。

今天我所讲的归纳起来，可以分为两点：

（一）我们要用教育的力量建设新中华；

（二）我们要用教育的力量，叫日本人回到日本去改造日本。

《乡教丛讯》第2卷第22期（1928年11月30日）

答朱端琰之问

端琰先生：

第二次手书，业已拜读，只因晓庄冬防吃紧，无暇执笔，以致迟迟未覆，实在是十分抱歉。

一、什么是做?

先生垂问的几个问题都是很有意思的。我把这些问题仔细看了一下，觉得先生的疑问都是集中在一个“做”字上面，这是当然的，因为教学做合一的理论也是集中在“做”之一字。所以必先要把“做”字彻底的说明一番，然后其余的问题，便可迎刃而解了。

“做”字在晓庄有个特别定义。这定义便是在劳力上劳心。单纯的劳力，只是蛮干，不能算做，单纯的劳心，只是空想，也不能算做，真正的做只是在劳力上劳心。我们做一件事便要想如何可以把这件事做好，如何运用书本，如何运用别人的经验，如何改造用得着的一切工具，使这件事做得最好。我们还要想到这事和别事的关系，想到这事和别事的相互影响。我们要从具体想到抽象，从我相想到共相，从片段想到系统。这都是在劳力上劳心的功夫。不如此，便不是在劳力上劳心，便不是做。

做必须用器官。做什么事便用什么器官。耳目口鼻四肢百体都是要活用的。所以有的事要用耳做，有的事要用眼做，有的事要用嘴做，有的事要用脚做，有的事要用手做，有的事用他们合起来做。中国教育的一个普通的误解是以为：用嘴讲便是教，用耳听便是学，用手干便是做。这样不但是误解了做，也误解了学与教了。我们主张教学做是一件事的三方面：对事说是做，对自己之进步说是学，对别人的影响说是教。做要用手即学要用手教要用手，做要用耳即学要用耳教要用耳，做要用眼即学要用眼教要用眼。做要用什么器官即学要用什么器官教要用什么器官。

做不但要用身上的器官，并且要用身外的工具。我们的主张是：做什么事便用什么工具。望远镜、显微镜、锄头、斧头、笔杆、枪杆、书本子都是工具，也都是要活用的。中国教育的第二个普通的误解，便是一提到教育就联想到笔杆和书本，以为教育便是读书、写字，除了读书、写字之外，便不是教育。我们既以做为中心，那末，做要用锄头即学要用锄头教要用锄头；做要用斧头即学要用斧头教要用斧头；做要用书本即学要用书本教要用书本。吃面要用筷子，喝汤要用匙子：这是谁也知道的。倘使有人用筷子喝汤，用匙子吃面，大家必定要说他是个大呆子。我们现在的教育何尝不是普遍的犯了这个错用工具的毛病。中国的教员、学生实在太迷信书本了。他们以为书本可以耕田、织布、治国、平天下，他们以为要想耕田、织布、治国、平天下只要读读书就会了。书本是个重要的工具，但书本以外的工具还多着呢。因为学校专重书本所以讲书便成为教，读书便成为学，而那用锄头斧头的便算为做了。这是教学做分家。他们忘记了书本也是“做”事所用的工具与锄头斧头是一类的东西。做一件事要想做得好须用锄头便用锄头，须用斧头便用斧头，须用书本便用书本，须合用数样数十样工具便合用数样数十样工具。我们不排斥书本，但决不许书本做狄克推多，更不许他与“做”脱离关系，而成为所谓“教学”之神秘物。

有了上面补充的总说明，再去解答先生的疑问似乎容易得多。我现在就顺着先生质问的次序逐一答复，然后再归纳起来，答复先生总结的三问题。

二、以实际生活为中心的教育是否能够顾到人生的全部?

教学做有一个公共的中心，这“中心”就是事，就是实际生活。实际生活说得明白些便是日常生活。积日为年，积年为终身，实际生活便是人生的一切。分析开来，战胜实际的困难，解决实际的问题，格生实际的利，实际的物，爱实际的人，求实际的衣食住行，回溯实际的既往，改造实际的现在，探测实际的未来，这些事总结起来，虽不敢概括全部人生，但人生除了这些事还有什么？在做这些事上去学去教虽不敢说有十分收成；但是教成的与学得的必是真本领。实行这种教育的社会，虽不敢必其进步一日千里；但是脚踏实地的帮助人类天演历程向上向前运行而无一步落空，那是可以断言的。

三、教学做合一是否能够传递全社会的经验?

“教育是传递社会的经验”，这句话不能概括一切教育。倘若教育是仅仅把社会的经验传递下去，那就缺少进步的动力。所以与其说“教育是社会经验之传递”，不如说“教育是社会经验之改造”。教育上之所谓经验原有两种意思：一种是个人的；一种是人类全体的。但是经验无论属于个人或人类全体，决无超时间空间的可能。我们最多只可说有些社会经验是不限于一时代一地域的。经验又有直接间接的分别，这当然是不可否认的。我在《“伪智识”阶级》里面曾经说明“接知如接枝”的道理。我们必须有从自己经验里发生出来的知识做根，然后别人的相类的经验才能接得上去。倘使自己对于某事毫无经验，我们决不能了解或运用别人关于此事之经验。人类全体的经验虽和个人经验有些分别；但是我们必须有个人经验做基础，然后才能了解或运用人类全体的经验。

我们必须以个人的经验来吸收人类全体的经验。孔子说：“举一隅，不以三隅反，则不复也。”荀子说：“以一知万。”无论他是一隅三反，或是以一知万，那个“一”必定是安根在自己的经验里。自己经验里的“一”是一切知识的起点。有了这个“一”才能收“三反”“知万”之效。《墨辩》分知识为闻、说、亲三种。“说曰：‘知：传受之，闻也；方不瘴，说也；身观焉，亲也。’”闻知是别人传授进来的；说知是自己推想出来的；亲知是自己经验出来的。依教学做合一的理论说来：亲知是一切知识的基础。没有亲知做基础，闻知和说知皆为不可能。看了下面的图，便可格外明白：

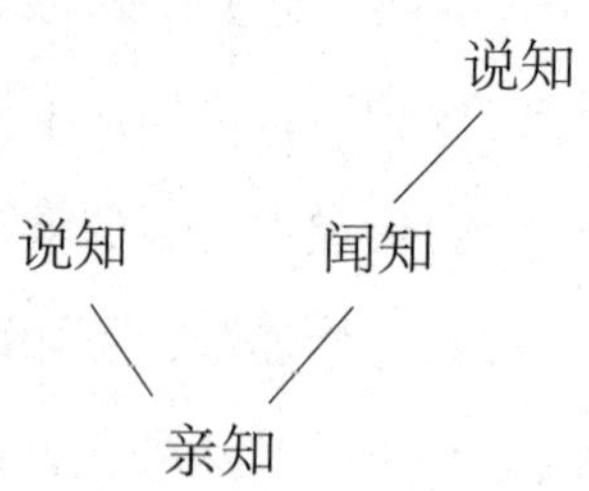

四、如何可以了解哥仑布探获新大陆的故事?

现在可以具体的答复哥仑布发现新大陆一事了。如果我们要正确的知道哥仑布发现新大陆的经过，恐怕系要请国民政府效法西班牙王拨下一只大帆船横渡大西洋才行。即使这样办，我们也不能得到完全与哥仑布相同的经验，因为现在的情形和我们的同伴决不能与他的一样。我们何尝要这样正确的知道他发现新大陆的经过？即使是探险家也不须复演这种经验；他们有更好的海船和工具，决不致发呆气去模仿哥仑布。教学做合一的理论，并不曾主张普通人去模仿特殊人物之特殊事业。也不曾主张现代人去复演前代人物之过去事业。那末，我们所要知道的是哥仑布发现新大陆的大概情形和影响。可是使人知道这件事上，便有两种根本不同的办法。一种是迷信书本演讲及所有代表经验的储藏库，以为只要读哥仑布的书，听讲哥仑布的事便能十分明白，再也用不着任何直接经验了。一种是确信直接经验为了解一切事实的基础，所以要想大略了解哥仑布之发现新大陆，也必得要些个人的直接经验做基础，才能了解别人所写所讲的哥仑布故事，才能推想哥仑布当年航海的情形，想像发现新大陆以后之影响。他运用书籍演讲不亚于第一派，但他要进一步审查那用以了解书本上演讲中之哥仑布之个人直接经验是否充分；如不充分，他便认为他的第一责任是使学生在做上补充这种经验，然后再去看书听讲推论，否则，他认为是耳边风，或是走马看花，无论说得天花乱坠，或是写得满纸锦绣，都是不能接受进去的。

用以了解哥仑布发现新大陆所需的直接经验是什么？这可不能一一数出，只好提要列举数种：坐过海帆船，渡过海，在海里遇过大风暴雨，受过同事阴谋加害，看过野人，在大陆上住过……诸如此类都是了解哥仑布故事的直接经验。如果没有渡过海，不得已而求其次也要渡过湖，再其次也要渡过江，再其次也要渡过河，万不得已也要看过池塘。倘使没有坐过海帆船，不得已而求其次也要坐过鄱阳湖里的民船，再其次也要坐过秦淮河里的花船，再其次也要看过下雨时堂前积水上之竹头木屑。倘使这些经验毫无，我不知道他如何能懂哥仑布之探险。

五、要明白火星是否要到火星里去?

火星里的生活必须到火星里面去过才能知道清楚，至少也必须有人到火星去过，回来把火星里的生活告诉我，我又有足以了解这生活之基本经验，才能间接知道清楚。但是如今还没有人到过火星，那末，火星里的生活是决没有人知道清楚的。关于火星的事，现在知道最正确的，也不过是用望远镜所能看得到用数学所能推得出的。最大的天文学家，也只能承认他对于火星只知道一点皮毛。虽然只知道这点皮毛，但教学做合一的天文学者，必定要在天文台上用望远镜及高等数学在做上去求得关于火星的知识。万一得不到望远镜，他至少要用肉眼对着火星去考究。关于火星的书，他是要看的；关于火星的演讲，他是要听的；但他必定要得到最好的望远镜看他一看，才算甘心；不，他一有办法必定要到火星里去与火星人共同生活才能满足他的求知欲。

六、分子运动等如何可以明白?

分子运动，原子运动，电子运动，都是科学家从研究物质上推想出来的理论，以解释种种物质的现象。我们要想真正了解这些理论，必须从研究物质的现象入手。在研究物质现象上教学做是了解这些理论最有效力的方法。倘使真要拿分子运动里的生活来说明教学做合一，我们便可举空气为例。分子运动速率增加便觉热；速率减少便觉冷。我们要想明白分子运动的速率，这气候的冷热却是一个眼面前最显明的例子。

七、如何可以得到飞机无线电的知识？

飞机和无线电的知识，可分为两级。第一级是制造的知识。制造飞机与无线电的知识，都要从制造上得来，方为有效。他要在造上学，在造上教，才能一举而成。若单在书上学，在书上教，等到造的时候势必重新学过，则以前所学的等于耗费了。第二级是了解的知识。这级知识可从别人那里或书本上得来；但学的人必须有些基本的直接知识，才能接得上去。这些基本的直接知识，都是从“做”上得来。倘使没有从“做”上得来的基本的直接知识，那末，书上所写的飞机，嘴里所讲的无线电，都与学的人漠不相关。

八、做不完的就不要学不要教了吗？

有了上面的解释，我们可以说教一切学一切都要以“做”为基础。事实上当然做不完，学不完，教不完的。我们遇此困难只有估量价值，拣那对于人生最有贡献的事，最合乎自己之才能需要的去做去学去教。那不能参加的只好不参加；不能做的只好不做；除此以外，还有什么办法呢？

九、科学家的发明哲学家的理论宗教家的教义都是从“做”上得来的吗？

牛顿看见一个苹果落下便发了一问：“为什么这苹果不向上飞去呢？”从苹果下坠推到一切，于是想出万有引力的理论以解释这些现象。牛顿看见苹果下坠，便是用眼做，他从苹果下坠，推到一切以至想出万有引力的理论，乃是用脑做了。

阳明先生虽倡知行合一，但是不知不觉中仍旧脱不了传统的知识论的影响，又误于良知之说，所以一再发表“知是行之始，行是知之成”的言论。我现在愈研究愈觉得这种见解不对。一年前我写了一篇文章证明：“行是知之始，知是行之成。”恰与阳明先生相反。古今中外所发现第一流的真知灼见，就我所知，无一不是从做中得来。哲学家之发明学说，宗教家之创立教义，何尝有一例外？我姑举一二人作为例证，以资说明。孔子少贱，故多能鄙事。他入太庙，每事问。晨门称他是知其不可而为之者。多能鄙“事”，每“事”问，知其不可而“为”之，便是孔子发明他的哲学的根源。达尔文和瓦雷士之天择学说，不是从天上凭空掉下来的，也不是从书本里抄下来的，也不是从脑筋里空想出来的，乃是在动植物中经年累月的一面干，一面想，干透了，想通了，然后才有这样惊人的发现。耶稣基督，释迦牟尼之创立教义也不是凭空冥想出来的。试把佛教经典及基督教《新约》翻开一看，便知道他们所阐明的教义并不是整套的同时宣布出来。他们是在众生中随行随明，随明随传的。哲学起于怀疑，宗教起于信仰。怀疑与信仰都是应生活需要而来的。

十、小孩子也是教学做合一吗？

初生的小孩子便是教学做合一；做的意义比平常用法要广得多，这是对的。但是“学也是做”，“教也是做”，“教育就是做”的三句结论，殊有语病。我们可以说：“做是学的中心也是教的中心。”我们也可以说：“教学做合一便是生活。”倘若我们赞成“生活即教育”的主张，那末，生活教育必是教学做合一的；生活教育内之教与学必是以做为中心。

十一、教学做合一不忽视了精神活动吗?

我们既以在劳力上劳心算为“做”的定义，当然不能承认身体与精神分家。自动的涵义便同时具有力与心之作用，即同时要求身体与精神之合作。

十二、贴标语游行可算是革命的教学做吗?

教学做合一既是人生之说明，所以人人都在做，都在学，都在教。但是做错了，学与教都跟着错。怎样会做错呢？错用目的，错用器官，错用工具，错用方法，错用路线，错用力量，都会叫人做错，即会叫人学错教错。教学做合一的要求是：事怎样做便怎样学，怎样学便怎样教。革命这件事要怎样做才能成功?这是我们首先要考察的。比如分析起来，觉得要想革命成功，须有种种条件：（一）适应现代中国需要之主义；（二）忠勇廉洁爱民的领袖；（三）纪律严明器械精良之武力；（四）独立发明之学术；（五）开源节流之财政；（六）训练自立爱国民众之教育；（七）联合世界上以平等待我之民族；（八）贴标语；（九）游行……假使革命要满足这些条件才能成功，那末革命教学做，便是整个的在这些事上做，在这些事上学，在这些事上教。倘若把头几项撇开只以贴标语游行为能事，做虽是做却是做错了，至少也是没有效力的做了。

十三、晓庄因实行教学做合一不就忽略了看书吗?

晓庄看书的时间是有规定的，所看的书也是有指定的，但比别的学校是自由的多。我们对于书籍有一条方针：做什么事用什么书。我们很反对为读书而读书。我们从去年就想依据生活历编辑一个最低限度的用书目录，现在还未编成，将来编成之后，就容易上轨道了。只要谨守“在劳力上劳心”的原则，自然会从具体归向理论，从片段走向系统。但是造诣深浅，有属于禀赋的，我们固难以为力，有属于勤惰的，生活部实负有考核勉励指导之责。

十四、教学做合一不太偏重技能而忽略知识吗？

技能与知识是分不开的。把大家教成铁匠木匠一样实未足以尽教育之能事。一因为中国的一般铁匠木匠实在是有一部分教错了。因为他们劳力而不劳心，所以技能与知识都不能充分发达。二因为他们除了呆板的职业训练以外，其余关于人生需要的教育都被漠视了。假使中国的铁匠木匠都做的不错，学的不错，教的不错；在劳力上劳心，各方面生活需要都顾到，那末，铁匠木匠所应受的教育，便是人人应受的教育了。王木匠要有技能和知识，也如同达尔文要有技能与知识。达尔文没有辨别物种变异的技能便不能发现天择的学说。王木匠若没有由克雷地的几何知识，便要做出七斜八歪的桌子来。可是达尔文与王木匠有个不同之点：王木匠把知识化成技能，达尔文则用技能产生知识；不过王木匠倘使能用知识所变成的技能进一步去产生新知识，那末，王木匠亦成为达尔文一流的人物了。倘使达尔文停止在观察生物的技能上而不能用它去发现天择学说，那末，终达尔文之身，也不过是王木匠的兄弟罢了。

十五、教学做合一究竟是什么？它的效用如何？

现在归纳起来总答如下：

（一）要想获得人类全体的经验必须教学做合一方为最有效力；

（二）生活教育就是教学做合一；

（三）教学做合一不但不忽视精神上的自动，而且因为有了在劳力上劳心，脚踏实地的“做”为它的中心，精神便随“做”而愈加奋发。

《教学做合一讨论集》（1928年商务印书馆版）

行是知之始

阳明先生说："知是行之始；行是知之成。"我以为不对：行是知之始，知是行之成。我们先从小孩子说起。他起初必定是烫了手才知道火是热的；冰了手才知道雪是冷的；吃过糖才知道糖是甜的；碰过石头才知道石头是硬的。太阳地里晒过几回，厨房里烧饭时去过几回，夏天的生活尝过几回，才知道抽象的热。雪菩萨做过几次，霜风吹过几次，冰淇淋吃过几杯，才知道抽象的冷。白糖、红糖、芝麻糖、甘蔗、甘草吃过几回，才知道抽象的甜。碰着铁，碰着铜，碰着木头，经过好几回，才知道抽象的硬。才烫了手又冰了脸，那末，冷与热更能知道明白了。尝过甘草接着吃了黄连，那末，甜与苦更能知道明白了。碰着石头之后就去拍棉花球，那末，硬与软更能知道明白了。凡此种种，我们都看得清楚行是知之始，知是行之成。佛兰克林放了风筝，才知道电气可以由一根线从天空引到地下。瓦特烧水，看见蒸汽推动壶盖，便知道蒸汽也能推动机器。加利里翁在毕撒斜塔上将轻重不同的球落下，便知道不同轻重之球是同时落地的。在这些科学发明上，我们又可以看得出"行是知之始，知是行之成"。

《墨辩》提出三种知识：一是亲知；二是闻知；三是说知。亲知是亲身得来的，就是从"行"中得来的。闻知是从旁人那儿得来的，或由师友口传，或由书本传达，都可以归为这一类。说知是推想出来的知识。现在一般学校里所注重的知识，只是闻知，几乎以闻知概括一切知识，亲知是几乎完全被挥于门外。说知也被忽略，最多也不过是些从闻知里推想出来的罢了。我们拿“行是知之始”来说明知识之来源，并不是否认闻知和说知，乃是承认亲知为一切知识之根本。闻知与说知必须安根于亲知里面方能发生效力。

试取演讲“三八主义”来做个例子。我们对一群毫无机器工厂劳动经验的青年演讲八小时工作的道理，无异耳边风。没有亲知做基础，闻知实在接不上去。假使内中有一位青年曾在上海纱厂做过几整天工作或一整天工作，他对于这八小时工作的运动的意义，便有亲切的了解。有人说：“为了要明白八小时工作就是这样费力的去求经验，未免小题大做，太不经济。”我以为天下最经济的事，无过于这种亲知之取得。近代的政治经济问题便是集中在这种生活上。从过这种生活上得来的亲知，无异于取得近代政治经济问题的钥匙。

亲知为了解闻知之必要条件，已如上述，现再举一例，证明说知也是安根在亲知里面的。

白鼻福尔摩斯一书里面有一个奇怪的案子。一位放高利贷的老头子被人打死后，他的房里白墙上有一个血手印，大得奇怪，从手腕到中指尖有二尺八寸长。白鼻福尔摩斯一看这个奇怪手印便断定凶手是没有手掌的，并且与手套铺是有关系的。他依据这个推想，果然找出住在一个手套铺楼上的科尔斯人就是这案的凶手，所用的凶器便是挂在门口做招牌的大铁手。他的推想力不能算小，但是假使他没有铁手招牌的亲知，又如何推想得出来呢？

这可见闻知、说知都是安根在亲知里面，便可见行是知之始，知是行之成。

《图书馆创刊号》（1925年6月1日）

晓庄三岁敬告同志书

今日是何日？

当念三年前。

愿从今日起，

更结万年缘。

三年前的今日，老山下的小庄出了一桩奇事。他们是来扫墓吗？香烛在哪儿？强盗来分赃吗？如何这样客气？他们是开学哟。开学？学堂在哪儿？连燕子都不肯飞来的地方，忽然这样热闹！奇怪得很！

不错，我们是来开学。说得更确切些，我们是来开工。还不如说，我们是在这儿来开始生活。“从野人生活出发，向极乐世界探寻”，是我们今天所立的宏愿。学堂是有的，不过和别的学堂不同。他头上顶着青天，脚下踏着大地，东南西北是他的围墙，大千世界是他的课室，万物变化是他的教科书，太阳月亮照耀他工作，一切人，老的、壮的、少的、幼的、男的、女的都是他的先生，也都是他的学生。晓庄生来就是这样的一副气骨。

到了今天，已经是三周年了，说到可以看见的成绩，真是微乎其微。他所有的茅草屋，稍微有点财力的人，只要两个月就可以造得成功，一阵野火，半天便可以把他们烧得干干净净。至于每个同志之所有，除了一颗血红的心和一些破布烂棉花的行李之外，还有什么可说？然而晓庄毕竟有那野火烧不尽的东西。这些东西的价值，也许只等于穷人家在天寒地冻时之破布烂棉花，也许就是因为这些破布烂棉花的力量，那血红的心才能继续不断的跳动，那怀抱着这血红的心的生命便能生生不已。我现在所高兴说的就是这些东西。

晓庄是从爱里产生出来的。没有爱便没有晓庄。因为他爱人类，所以他爱人类中最多数而最不幸之中华民族；因为他爱中华民族，所以他爱中华民族中最多数而最不幸之农人。他爱农人只是从农人出发，从最多数最不幸的出发，他的目光，没有一刻不注意到中华民族和人类的全体。在吉祥学园里写了两句话：“捧着一颗心来，不带半根草去。”晓庄是从这样的爱心里出来的。晓庄可毁，爱不可灭。晓庄一天有这爱，则晓庄一天不可毁。倘使这爱没有了，则虽称为晓庄，其实不是晓庄。爱之所在即晓庄之所在。一个乡村小学里的教师有了这爱，便是一个晓庄；一百万个乡村小学里的教师有了这爱，便是一百万个晓庄。虽是名字不叫晓庄，实在是真正的晓庄了。

晓庄三年来的历史，就是这颗爱心之历史——这颗爱心要求实现之历史。有了爱便不得不去找路线，寻方法，造工具，使这爱可以流露出去完成他的使命。流露的时候，遇着阻力便不得不奋斗——与土豪劣绅奋斗，与外力压迫奋斗，与传统教育奋斗，与农人封建思想奋斗，与自己带来之伪智识奋斗。这奋斗之历史，也就是这颗爱心之历史。晓庄没有爱便不能奋斗，不能破坏，不能建设，不能创造。个人没有爱，便没有意义，即使在晓庄，也不见得有贡献。所以晓庄和各个同志的总贡献——破坏与创造——如果有的话，都是从爱里流露出来的。晓庄生于爱，亦惟有凭着爱的力量才能生生不已咧。

我们最初拿到晓庄来试验的要算是教学做合一的理论了。当初的方式很简单。他的系统也就是在晓庄一面试验一面建设起来的。这个理论包括三方面；一是事怎样做便怎样学，怎样学便怎样教；二是对事说是做，对己说是学，对人说是教；三是教育不是教人，不是教人学，乃是教人学做事。无论那方面，“做”成了学的中心即成了教的中心。要想教得好，学得好，就须做得好。要想做得好，就须“在劳力上劳心”，以收手脑相长之效。这样一来，我们便与两种传统思想短兵相接了。一是孟子的“劳心者治人，劳力者治于人”的二元论。这种二元论在中国的力量是很大的。他在教育上的影响是：教劳心者不劳力；不教劳力者劳心。结果把中华民族划成两个阶级，并使科学的种子长不出来。二是先知后行的谬论。阳明虽倡知行合一之说，无意中也流露出“知是行之始”之意见。东原更进一步的主张：“重行必先重知。”这种主张在中国教育上的影响极深。“知是行之始”一变而为“读书是行之始”，再变而为“听讲是行之始”。“重行必先重知”也有同样的流弊。请看今日学校里的现象，哪一处不是这种谬论所形成。不入虎穴，焉得虎子。知识是要自己像开矿样去取来的。取便是行。中国学子被先知后行的学说所麻醉，习惯成了自然，平日不肯行，不敢行，终于不能行，也就一无所知。如果有所知，也不过是知人之所知，不是我之所谓知。教学做合一既以做为中心，便自然而然地把阳明、东原的见解颠倒过来，成为："行是知之始"，"重知必先重行"。我很诚恳的敬告全国的同志："有行的勇气，才有知的收获。"先知后行学说的土壤里，长不出科学的树，开不出科学的花，结不出科学的果。

教学做合一的理论最初是应用在培养师资上面的。我们主张培养小学教师要在小学里做，小学里学，小学里教。这小学是培养小学教师的中心，也就是师范学校的中心，不是他的附属品，故不称他为附属小学而称他为中心小学。培养幼稚园教师的幼稚园和培养中学教师的中学，都是中心学校而不是附属学校。现在实行的学园制即是艺友制，每学园有导师、艺友及中心学校，更进一步求教学做合一的主张之贯彻。现今师范教育之传统观念是先理论而后实习，把一件事分作两截，好一比早上烧饭晚上请客。除非让客人吃冷饭，便须把饭重新烧过。教学做合一的中心学校就是要把理论与实习合为一炉而冶之。

教学做合一不是别的，是生活法，是实现生活教育之方法。当初，生活教育戴着一顶"教育即生活"的帽子。自从教学做合一的理论试行以后，渐渐的觉得"教育即生活"的理论行不通了。一年前我们便提出一个"生活即教育"的理论来替代。从此生活教育的内容方法便脉脉贯通了。

"生活即教育"怎样讲？是生活即是教育。是好生活即是好教育。是坏生活即是坏教育。有目的的生活即是有目的的教育。无目的的生活即是无目的的教育。有计划的生活即是有计划的教育。无计划的生活即是无计划的教育。合理的生活即是合理的教育。不合理的生活即是不合理的教育。日常的生活即是日常的教育。进步的生活即是进步的教育。依照生活教育的五大目标说来：康健的生活即是康健的教育；劳动的生活即是劳动的教育；科学的生活即是科学的教育；艺术的生活即是艺术的教育；改造社会的生活即是改造社会的教育。反过来说，嘴里念的是劳动教育的书，耳朵听的是劳动教育的演讲，而平日所过的是双料少爷的生活。在传统教育的看法不妨算他是受劳动教育，但在生活教育的看法则断断乎不能算他是受劳动教育。生活教育是运用生活的力量来改造生活，他要运用有目的有计划的生活来改造无目的无计划的生活。

生活教育既以生活做中心，立刻就与几种传统思想冲突。第一种传统思想与生活教育冲突的是文化教育。他以文化为中心。德国战前之教育即是以文化为中心。中国主张此说的也不少。依生活教育的见解，一切文化只是生活的工具。文化即是生活的工具，哪能喧宾夺主而做教育的中心？第二种传统思想与生活教育冲突的是教、训分家。在现代中国学校里教、训分家是普遍的现象。教育好像是教人读书，训育好像是训练人做人或是做事；教育好像是培养智识，训育好像是训练品行；教育又好像是指所谓之课内活动，训育则好像是指所谓课外活动。所以普通学校里，有一位教务主任专管教育；又有一位训育主任专管训育。某行政机关拟以智仁勇为训育方针，那末，教育方针又是什么呢？生活教育的要求是：整个的生活要有整个的教育。每个活动都要有目标，有计划，有方法，有工具，有指导，有考核。智识与品行分不开，思想与行为分不开，课内与课外分不开，做人做事与读书分不开，即教育、训育分不开。生活教育之下只有纵的分任，决无横的割裂。某人指导团体自治，某人指导康健是可以的。这是纵的分任。若是团体自治的智识是功课以内归教务主任管，团体自治的行为是功课以外归训育主任管，这就是生活的横的割裂，决说不过去。第三种传统思想与生活教育冲突的是教育等于读书。生活教育指示我们说：过什么生活用什么工具。书只是生活工具之一种，是要拿来活用的，不是拿来死读的。书既是用的，那么，过什么生活便用什么书。第四种传统思想与生活教育冲突的是学校自学校、社会自社会。从前学校门前挂着闲人莫入的虎头牌以自绝于社会，不必说了，就是现在高谈学校社会化，或是社会学校化的地方也往往漠不相关。生活即教育的理论一来，他立刻要求拆墙，拆去学校与社会中间之围墙使我们可以达到亲民亲物的境界。不但如此，他要求把整个的社会或整个的乡村当作学校。与“生活即教育”蝉联而来的就是“社会即学校”。第五种传统思想与生活教育冲突的就是漠视切身的政治经济问题。我们既承认“社会即学校”，那末，社会的中心问题便成了学校的中心问题。这中心问题就是政治经济问题。我们最初定教育目标时对于政治经济即特别重视。赵院长后来又作有力的宣言说：“生活教育是教人做工求知管政治。”江问渔先生近著《富教合一》和《政教合一》两篇文字使生活教育之内容更为明显。我也作《富教合一后论》《政教合一后论》《政富合一论》以尽量发挥三者之关系，终于构成政富教合一理论之系统。晓庄所办之自卫团、妇女工学处，现在向省政府建议设置之试验乡以及十九年度计划中之生产事业，都是想把政治、经济、教育打成一片，做个政富教合一的小试验。政富教合一的根本观念是要将政富教三件事合而为一。如何使他们合起来？要叫他们在“遂民之欲达民之情”上合起来。现在这三件事的中间有很大的鸿沟。他的根本原因不外三种：一是富人拿政治与教育作工具以遂富人之欲而达富人之情；二是政客拿富力与教育作工具以遂政客之欲而达政客之情；三是不肯拿教育给富人和政客做工具的教师们存了超然的态度，不知教人民运用富力和政治力以遂民之欲达民之情。我们要知道等到富力成为民的富力，政治力成为民的政治力，然后生活才算是民的生活，教育才算是民的教育。在教育的立场上说，我们所负的使命：（一）是教民造富；（二）是教民均富；（三）是教民用富；（四）是教民知富；（五）是教民拿民权以遂民生而保民族。我们要教人知道，不做工的不配吃饭，更不配坐汽车。我们要教人知道“朱门酒肉臭，路有冻死骨”是最大的罪孽。我们要教人知道富力如同肥料，堆得太多了要把花草的生命烧死。我们要教人民造富的社会，不造富的个人。从农业文明进到工业文明，我们要教农民做机器的主人，不做机器的奴隶。这种主张，不消说，不但和“先富后教”、教育不管政治一类的传统思想冲突，凡是凭着特殊势力以压迫人民，致使民之欲不得遂、民之情不得达的，都是我们的公敌。

最后，晓庄是同志的结合，我不要忘记了叙述。晓庄的茅草屋一把野火可以烧得掉。晓庄的同志饿不散，冻不散，枪炮惊不散。我们是为着一个共同的使命来的。这使命便是教导乡下阿斗做中华民国的主人。要想负得起这个使命，便不能没有特殊的修养。这是我们自己勉励的几条方针：

（一）自立与互助　“滴自己的汗。吃自己的饭。自己的事自己干。靠人靠天靠祖上，不算是好汉。”这首《自立歌》，晓庄的人是没有不会唱的了。我们所求的自立，便是这首歌所指示的。但是自立不是孤高，不是自扫门前雪。我们不但是一个人，并且是一个人中人。人与人的关系是建筑在互助的友谊上。凡是同志，都是朋友，便当互助。倘不互助，就不是朋友，便不是同志。我们唱一首互助歌罢：“小小的村庄，小小的学堂，小小的学生，个个是好汉。好汉！好汉！帮人家的忙。”

（二）平等与责任　在晓庄，凡是同志一律平等。共同立法的时候，师生工友都只有一权。违法时处分也不因人而异。我们以为，在同一的团体里要人共同守法，必须共同立法。但同志的法律地位虽平等而责任则因职务而不同。职务按行政系统分配，各有各的职务，即各有各的责任。责任在指挥，当行指挥之权；责任在受指挥，应负受指挥之义务。

（三）自由与纪律　晓庄团体行动有一致遵守的纪律，五十岁以上及对本校学术有特殊贡献的人，得由本校赠与晓庄自由章，不受共同纪律之限制。但这些纪律的目的，无非也是增进团体生活的幸福，防止个人自由之冲突。晓庄毕竟不但是个“平等之乡”，而且是个“自由之园”。晓庄以同志的志愿为志愿，以同志的计划为计划，以同志的贡献为贡献。晓庄虽然希望每个同志对于共同的志愿、计划是要有些贡献，但是乡村教育的范围广漠无边，除非是身在乡下心在城里的人，总可以找出一两样符合自己的才能兴味。大部分的生活都是供大家自由的选择。学园的成立是由于园长选同志，同志选园长，格外合乎自由的意义。试验自由是各学园的础石。晓庄所要求予个人的只是每个人都要有计划，要按着自己的计划进行。至于什么计划，如何实现，都是个人的自由。在理想的社会里，凡是人的问题都可以自由的想，自由的谈，自由的试验。晓庄虽然没有达到这种境界，但愿意努力创造这样的一个社会。这里含蓄着进步的泉源，这里孕藏着人生的乐趣。乡下人的面包已经给人家夺去一半了，剩下这点不自由的自由是多么的尊贵哟！

（四）大同与大不同　这又是一对似乎矛盾而实相成的名词。我们试到一个花园里面去看一看：万紫千红，各有他的美丽；那构成花园的伟观的成分正是各种花草的大不同处。将这些大不同的花草分别栽种，使他们各得其所，及时发荣滋长，现出一种和谐的气象，令人一进门便感觉到生命的节奏：这便是大同之效。晓庄不是别的，只是一个“人园”，和花园有相类的意义。我们愿意在这里面的人都能各得其所，现出各人本来之美，以构成晓庄之美。如果要找一个人中模范教一切人都学成和他一样，无异于教桃花、榴花拜荷花做模范。我们当教师的实在需要园丁的智慧。晓庄不但是不要把个个学生造成一模一样，并且也不愿他们出去照样画葫芦。晓庄同志无论到什么地方去，如果只能办成晓庄一样的学校，便算本领没有学到家，便算失败。没有两个环境是相同的，怎能同样的办？晓庄同志要创造和晓庄大不同的学校才算是和晓庄同，才算是第一流的贡献，才算是有些成功。

同志们！记牢了我们的使命是教导乡下阿斗做中华民国的主

人。乡下阿斗没有出头之先，我们休想出头。乡下阿斗没有享福之先，我们休想享福。我们若是赶在农人前面去出头享福，只此一念便是变相的土豪劣绅。与农人同甘苦，共休戚，才能得到光明，探出生路。我们大家唱首《劳山歌》为中华民国的主人努力吧!

老山劳，
小庄晓；
咱锄头，
起来了。
老山劳，
小庄晓；
新时代，
推动了。

《乡村教师》第7期（1930年3月15日）

生活即教育

今天我要讲的是“生活即教育”。中国从前有一个很流行的口号，我们常用得很多而且很熟的，就是“教育即生活”。教育即生活这句话，是从杜威先生那里来的，我们在过去是常常用它，但是，从来没有问过这里边有什么用意。现在，我把它翻了半个筋斗，改为“生活即教育”。在这里，我们就要问：“什么是生活？”有生命的东西，在一个环境里生生不已的就是生活。譬如一粒种籽一样，它能在不见不闻的地方而发芽抽条开花。从动的方面看起来，好像晓庄剧社在舞台演戏一样。《生活即教育》这个演讲，从前已经讲了两套，现在重提我们的老套。

第一套就是：

是生活就是教育；

是好生活就是好教育，是坏生活就是坏教育；

是认真的生活就是认真的教育，是马虎的生活就是马虎的教育；

是合理的生活就是合理的教育，是不合理的生活就是不合理的教育；

不是生活，就不是教育；

所谓之生活未必是生活，就未必是教育。

第二套是第二次讲的时候包括进去的，是按着我们此地的五个目标加进去的，就是：

是康健的生活，就是康健的教育；是不康健的生活，就是不康健的教育；

是劳动的生活，就是劳动的教育；是不劳动的生活，就是不劳动的教育；

是科学的生活，就是科学的教育；是不科学的生活，就是不科学的教育；

是艺术的生活，就是艺术的教育；是不艺术的生活，就是不艺术的教育；

是改造社会的生活，就是改造社会的教育；是不改造社会的生活，就是不改造社会的教育。

近来，我们有一个主张，是每一个机关，每一个人在十九年里都要有一个计划。这样，在十九年里我们所过的生活，就是有计划的生活，也就是有计划的教育。于是，又加了这么一套：

是有计划的生活就是有计划的教育，是没有计划的生活，就是没有计划的教育。

我今天要说的就是：我们此地的教育，是生活教育，是供给人生需要的教育，不是作假的教育。人生需要什么，我们就教什么。人生需要面包，我们就得过面包生活，受面包教育；人生需要恋爱，我们就得过恋爱生活，也就是恋爱的教育。照此类推，照加上去：是那样的生活，就是那样的教育。

与“教育即生活”有联带关系的就是“社会即学校”。“学校即社会”也就是跟着“教育即生活”而来的，现在我也把它翻了半个筋斗，变成“社会即学校”。整个社会的活动，就是我们教育的范围，不消谈什么联络，而他的血脉是自然流通的。不要说“学校社会化”。譬如说现在要某人革命化，就是某人本来不革命，假使某人本来是革命的，还要“化”什么呢？讲“学校社会化”，也是犯同样的毛病。“社会即学校”，我们的社会就是学校，还要什么社会化呢？现在我还有一个比方：学校即社会，就好像把一只活泼泼的小鸟从天空里捉来关在笼里一样，它要以一个小的学校去把社会上所有的一切东西都吸收进来，所以容易弄假。社会即学校则不然，它是要把笼中的小鸟放到天空中，使他能任意翱翔，是要把学校的一切伸张到大自然里去。要先能做到“社会即学校”，然后才能讲“学校即社会”；要先能做到“生活即教育”，然后才能讲到“教育即生活”。要这样的学校才是学校，这样的教育才是教育。

杜威先生在美国为什么要主张教育即生活呢？我最近见着他的著作，他从俄国回来，他的主张又变了，已经不是教育即生活了。美国是一个资本主义的国家，他们是零零碎碎的实验，有好多教育家想达到的目的不能达到，想实现的不能实现，然而在俄国已经有人达到了，实现了。假使杜威先生是在晓庄，我想他也必主张“生活即教育”的。

杜威先生是没有到过晓庄的，克伯屈先生是到过晓庄来的，克伯屈先生离了俄国而来中国，他说：“离莫斯科不远的地方，有一个人名叫夏弗斯基的，他在那里办了一所学校，主张有许多与晓庄相同的地方。”我见了杜威先生的书，他说现在俄国的教育，很受这个地方的影响，很注意这个地方。他们的办法与我们的生活即教育，社会即学校的主张不谋而合。克伯屈先生问我们在文字上通过消息没有？我说没有。我又问他："夏弗斯基这个人是不是共产党？"他说不是。我又问他："他不是共产党，又怎么能在共产党政府下办教育呢？"他说："因为他是要实现一种新教育所以俄政府许可他实验。"我又对他说："这一点倒又和我相合，我在国民党政府之下办教育，而我也不是一个国民党党员。"这是克伯屈先生参观晓庄后与我所谈的话。

现在我们这里的主张，已经终于到了实现的时期了，问题是怎样的实现。从历史看来，可以分作三个时期：

第一个时期，生活是生活，教育是教育，两者是分离而没有关系的。

第二个时期，是教育即生活，两者沟通了，而学校社会化的议论也产生了。

第三个时期，是生活即教育，就是社会即学校了。这时期也可以说是开倒车，而且一直开到最古时代去，因为太古的时代。这一期也就是教育进步到最高度的时期。

其次，要讲生活即教育与社会即学校，有几方面是要开仗的，而且是不痛快的，是很烦恼的，而与我们有极大的冲突的。

第一，在这个时期，是各种思潮在中国谋实现的时期，中国几千年来的传统教育所支配的许多传统思想都要在此时期谋取它的地位。第二，是外来的各种文化，如德国的以文化为中心的教育，英国的绅士的教育，美国的拜金教育。第三是外国文化都在中国倾销，从各国回来的留学生便是推销外国文化的买办。

现在先说中国遗留下来的旧文化与我们的生活即教育，社会即学校的主张是冲突的。中国从前的旧文化，是上了脚镣手铐的。分析起来，就是天理与人欲，以天理压迫人欲，做的事无论怎样，总要以天理为第一条件。

它是以天理为一件事，人欲为一件事。人欲是不对的，是没有地位的。在生活即教育的原则之下，人欲是有地位的，我们不主张以天理来压迫人欲的。这里，我们还得与戴东原先生的主张打一打通。他说理不是欲外之理，不是高高的挂在天空的；欲并不是很坏的东西，而是要有条有理的。我们这里主张生活即教育，就是要用教育的力量，来达民之情，顺民之意，把天理与人欲打成一片。

与此有联带关系的就是“礼教”。现在有许多人唱“礼教吃人”的论调，的确，礼教吃的人，骨可以堆成一个泰山，血可以合成一个鄱阳湖。我们晓得，礼是什么？以前有人说，礼是养生的，那是与生活即教育相通的。这种礼，我们不惟不打倒，并且表示欢迎。假若是害人之礼，那就是要把人加上脚镣手铐，那是与我们有冲突的，我们非打倒不可。因为生活即教育是要解放人类的。

再次，中国从前有一个很不好的观念，就是看不起小孩子。把小孩子看成小大人，以为大人能做的事小孩也能做，所以五六岁的小孩，就要他读《大学》《中庸》。换句话说，就是小孩子没有地位。我们主张生活即教育，要是儿童的生活才是儿童的教育，要从成人的残酷里把儿童解放出来。

还有一点要补充进去的，就是书本教育。从前的书本教育，就是以书本为教育，学生只是读书，教师只是教书。在生活即教育的原则之下，书是有地位的，过什么生活就用什么书，书不过是一种工具罢了。书是不可以死读的，但是不能不用。从前有许多像这样的东西，非推翻不可的，否则不能实现“生活即教育”。

现在外面传进来的思潮，也有许多与我们是相冲突的。以文化做一个例吧！以文化做中心的教育，它的结果是造成洋八股。文化是人类创造出来的，固然是非常的宝贵，但它也不过是一种工具而已，不能当做我们教育的中心。人为什么要用文化？是要满足我们人生的欲望，满足我们生活的需要。电灯是文化，我们用了它，可以把一切看得更明白。无线电是文化，我们用了它，可以更便利。千里镜是文化，我们用了它，可以钻进土星、木星里去。……所以文化是生活的工具，它是有它的地位的。我们不惟不反对，而且表示欢迎。欢迎它来做什么呢？就是满足我们生活的需要。有些人把它弄错了，认它做一种送人的礼物，这是不对的。文化要以参加做基础，有了这参加的最低限度的基础，才能了解，才能加上去。生活即教育与以文化为中心的教育的不同，就是如此。

还有训育与生活即教育的理论怎么样？生活即教育与训育把训与教分家的关系怎样？生活即教育与社会即学校如何实现？小学里如何把它实现出来？假使诸位以为是行得通的，最好是每一个人拟一个方案来交我，哪一部分可以实现，我们就拿那个地方当一个社会实现出来。

现在我举一个例说：去年因为天干，和平学园因为急于要水吃，就开了一个井。井是学校开的，但是献给全村公用，不久就发现了两个大问题：

（一）每天出水二百担，不敷全村之用。于是大家都起早取水，后到的取不到水。明天又比别人早，甚至于一夜到天亮，都有取夜水的。到天亮时，井里的水已将干了。群聚在井边候水，一勺一勺的取，费尽了气力，才打出一桶水。

（二）大家围着取水，争先恐后，有时甚至用武力解决。

这种现象，假使是学校即社会，就可以用学校的权力来解决，由学校出个命令，叫大家照着执行。社会即学校的办法就不然，它觉得这是与全村人的生活有关系的，要全村的人来设法解决，于是就开了一个村民大会，一共到了六七十个人，共同来做一个吃水问题的教学做。到会的人，有老太婆，也有十二三岁的小孩子，公推了一位十几岁的小学生做主席。我和许多师范生，就组织了一个顾问团，插在群众当中，指导我们的主人开会。老太婆说的话顶多，而且最扼要。他们在开会时学开会。结果，共同议决了几件事：

（1）井水每天休息十小时，下午七时至上午五时不许取水。违者罚洋一元，充修井之用。

（2）每次取水，先到先取，后到后取。违者罚小洋六角，充修井之用。

（3）公推刘君世厚为监察员，负责执行处罚。

（4）公推雷老先生为开井委员长，筹款加开一井，茶馆、豆腐店应多出款，富户劝其多出，于最短期内，由村民团结的力量，将井开成。

这几个议案是由村民大会通过的。这就是社会即学校的办法。由此，我有几个感触；

（一）民众运动，要以对于民众有切身关系的问题为中心。

（二）社会运动，非以社会即学校则不能彻底实行。而社会即学校，是有实现的可能的。

（三）不要以为老太婆、小孩不可培养，只要有法子，只要能从他们切迫的问题着手。

（四）公众的力量比学校发生的大，假使由学校发布命令解决，社会上了解的人少，而且感情将由此分离。

（五）民众没有指导是不行的，和平门吃水问题，倘无相当指导，可以再过四五千年还没有解决。

（六）进行民众运动是要陪着民众干，不是替民众干。要想培养中华国民，非此不可。

这就是以小学所在地做一个学校的例，其余的例很多，不必多举。社会即学校要如何的实现，请大家一样一样的做个方案，二次开会的时候再谈。

这是证明“生活即教育”与“社会即学校”是相联的。

关于“生活即教育”，我现在可再补充一套。我们是现代的人，要过现代的生活，就是要受现代的教育。不要过从前的生活。也不要过未来的生活。若是过从前的生活，就是落伍；若要过未来的生活，就要与人群隔离。以前有一部书叫做《明日之学校》，大家以为很时髦的，讲的很熟的。我希望乡村教师，要办今日之学校，不要办明日之学校。办今日之学校，使小学生过今日之生活，受今日之教育。

我们主张“社会即学校”，是因为在“学校即社会”的主张下，学校里的东西太少，不如反过来主张“社会即学校”，教育的材料、教育的方法、教育的工具、教育的环境，都可以大大的增加。学生、先生也可以多起来，因为在这样办法下，不论校内校外，都可以做师生的。“学校即社会”一切都减少，校外有经验的农夫，就没有人愿意去领教；校内有价值的活动，外人也不能受益。

如上所言，坏的社会也可以做学校吗?

坏的社会，我们也要认识，也要有所准备，才能生出抵抗力，否则一入社会，便显出手忙足乱的情状来。

总之：没有生活做中心的教育是死教育。没有生活做中心的学校是死学校。没有生活做中心的书本是死书本。在死教育、死学校、死书本里鬼混的人是死人——先生是先死，学生是学死！先死与学死所造成的国是死国，死国所造成的世界是死世界。

《乡村教师》第9期（1930年3月29日）

思想的母亲

行动是思想的母亲，科学是从把戏中玩出来的。

杜威先生分析反省的思想之过程，列举了如下的步骤：（一）困难之感觉；（二）审定困难之所在；（三）设法解决；（四）在许多方法中选一最有效的试试看；（五）屡试屡验之后再下断语。这反省的思想之过程便是科学思想之过程。

我拿杜威先生的道理体验了十几年，觉得他所叙述的过程好比是一个单极的电路，通不出电流。他没有提及那思想的母亲。这位母亲便是行动。路走不通才觉有困难。走不通而不觉得困难，这是庸人。连脚都没有动而心里却虚造出万千困难，这是妄人。走不通而发现困难，便想出种种法子来解决困难，不到解决不止，这是科学家。所以我要提出的修正是在困难之前加一行动之步骤，于是整个科学的生活之过程便成了：行动生困难；困难生疑问；疑问生假设；假设生试验；试验生断语；断语又生了行动，如此演进于无穷。懒得动手去做，那里会有正确的思想产生，又何能算是科学生活？

《生活教育》（1934年3月1日）

关于科学教育的讨论

泽宣吾兄：

久不晤教，至为想念。

晓庄是一个试验学校。晓庄本部虽已被封两年，但是他的试验工作，仍是不断的进行着。几年以来，我们觉得要救中华民族，必要民族具备科学的本领，成为科学的民族，才能适应现代生活。而生存于现代世界。科学要从小教起。我们要造成一个科学的民族，必要在民族的嫩芽——儿童——上去加工夫培植。有了科学的儿童，自然会产生科学的中国和科学的中华民族。这一年来，我们预先编成儿童科学丛书百种，在今年暑假以前可以出齐。恰好政府已下令准备将晓庄交还我们。我们在这次国难当中察出，愈觉科学教育之重要。所以我们今后教育方针，准备瞄准向着这条路线上前进，为中华民族去找新生命。所以我们对于接收晓庄，感觉有无限兴奋与希望。

我们接收晓庄计划，分成三个步骤：

第一步，先恢复晓庄周围四十里的六所小学和六所幼稚园。即以此作四十里周围最经济的普及教育的实验。第二步，在本年暑期中（七月十五日至八月十五日）开办一大规模的暑期学校，专门研究儿童自然科学。定额一千人，招收大学毕业生、各师范科学教师、市县督学、各小学教师分别研究。招收大学毕业生和师范科学教师、市县督学，是预备他们回去，到了明年，各处都有这样几个专门研究儿童自然科学的暑期学校出现，使一年之后，儿童自然科学的主张即可推行到全国，科学的儿童早日造成，科学的中国和科学的中华民族早日实现。

暑期学校的生活课程，分为下列十门。

一、儿童的生物；

二、儿童的物理；

三、儿童的化学；

四、儿童的天文；

五、儿童的地球；

六、儿童的几何；

七、儿童的农艺；

八、儿童的工艺；

九、儿童的生理卫生；

十、儿童的科学指导。

现时晓庄小学已经开学了。一面顾到儿童教育，一面即担任筹备暑期学校。一切进行，如小学、幼稚园之经常费，暑期学校自然科学之实验工具、材料，在在需有相当经费，才能推行顺利。明知国难当头，经费来源不易。惟因国难当头，愈益觉得立国根本之教育，更有从速举办的必要。我兄谋国心长，救种虑远，定能赞同是举。对于经费一层，务希酌量帮助。遇有青年教师富有研究儿童自然科学兴趣，而且有志救国大计者，务请劝导保送来学，襄力此盛举。章程随即寄奉。

第三步，恢复师范，就原定之初中、高中、大学各部，逐渐恢复，充实内容，并拟添设研究所，加以高深的研究，使他能成为乡村教育及儿童自然科学之泉源。详细办法，容后奉闻。一切均请随时指导，俾生活教育得以发生效力。是所至盼。敬祝康健!

弟知行启

二一、三、北二

《教育研究》第35期（1932年）

国难与教育

我们知道，教育的目的在于解决问题。所以不能解决问题的，不是真教育，不能解决国难问题的，尤其不是真教育。我们一定有了真教育，才能对付国难。教育是什么？教育就是力的表现，力的变化。实则整个宇宙，也就是一个力的表现，力的变化的过程。我们现在要解除国难，先要有力量，因为我们力量不充分，所以才不能对付国难。因此，我们要对付国难，就须以教育为手段，使我们的力量起了变化，把不能对付国难的力量，变成能够对付国难的力量，这才能达到目的。

力量发生了变化，其大小之比较，可分别如下：就是少数人的力，比不上多数人的力；空谈的力，比不上行动的力；散漫的力，比不上组织的力；被动的力，比不上自动的力；头脑的力，比不上手脑并用的力。

我国的传统教育和现行的教育，只能造成少数人的力，空谈的力，散漫的力，被动的力，头脑的力。我们从此要改造教育，使教育普及于大众；使受教育者都能实践力行，从行动上去求得真知识；并使大众组织起来，自动去做他们的事；而仅用脑的知识分子，要使他们变成兼用手的工人，仅用手的工人、农人等都变成兼用脑的知识分子。这才能把少数人的力变成多数人的力；

空谈的力变成行动的力；散漫的力变成组织的力；被动的力变成自动的力；仅用脑和仅用手的力变成脑手并用的力。于是我们就可以造成极伟大的民族力量，来解除一切国难。

手脑相长

近来我在报纸上发表了卖艺的广告。过后不久就接得中社一封信：请我于民国二十二年元旦正午的时候来演讲。我很高兴，不过社会上有许多人或尚对我怀疑。有一位朋友做了一首小诗，替我卖艺取一个名字叫做“水门汀文艺”。这位朋友告诉我的意思是很深的。譬如有人在新世界门口水门汀上写了一大篇文字，说因为没有路费回家，求人解囊相助。我觉得这个名字很好，非常欢迎，这是对于我卖艺的解释。其次，刚才李先生问我：卖艺的生意好不好？我不敢说不好，因我说不好，人家不相信。有人要问我：为什么你要卖艺？今天我也要报告一下。在我的卖艺广告里有一句说：“乡下先生难度日。”要晓得乡下先生有许许多多人难度日，不只我一个乡下先生难度日。中国现在有许多人不得日子过。我的卖艺广告是等于一个报告，使人家都知道乡下先生都难度日，就如那陶知行也在卖艺了。我有一首诗描写乡下先生的苦况，现在可来背一下：

生长三家村，去来五里店。知己遍天下，终身不相见。雪花飞满天，身上犹无棉。一天吃两顿，有油没有盐；有油没有盐，饿肚看水仙。试问甜后苦，何如苦后甜。进城来索

薪，轮流候茶园；薪水领不着，大家凑茶钱。爸爸长叹气，妈妈也埋怨，已经三十岁，还没有家眷。

现在乡下先生只有三条路好走：（一）要饿死，（二）要末革命，（三）要末去投河。在这种情形之下有十几万人没有把他们的出路问题解决。不过他们本身的问题不能在他们本身上解决。农民生活的问题没有解决，乡村教师的生活问题就不会解决。

我本来无产阶级出身，后来出洋回来渐渐变成了中产阶级中人。现在却由中产阶级渐渐地流落到无产阶级了。所以我对于中产阶级与无产阶级的情形都知道一点。我有一种信仰和决心：要从中产阶级不爬上去，而要爬下来。其实爬下来就是爬上去。要爬上去就要落下来。我为什么要走这一条路？可把我的一段历史来简单说一说：我在中产阶级登峰造极的时候，就是当中华文化教育基金委员会的干事，每月有四百元薪水，一百元公费。当时我家里的几个小孩子一起变成了少爷，没有小姐，因为我没有女孩子。他们添饭有人，铺床折被也有人。我小时候尚做些事，而他们现在一些事不做，将来大的时候不得了。慢慢享福惯了害我自己是小事，害这些小孩子是不得了的。因老妈子和佣人把我们小孩子的手都变坏了，成了无用的手；把我的小孩子的脚也变坏了，成了无用的脚。小时候不能动手用脚，大的时候当然一切事要别人做；小的时候做惯少爷，大的时候当然做老爷。我以为世界上最有贡献的人只有一种，就是头脑能指挥手指行动的人。中国都是用头脑的人不用手，用手的人不用头脑。年成虽好，农民生计仍很苦，这因为他们的头脑不会去想。一般人读书都是读死书，死读书，读书死。日本人打进来了，我们只会喊口号。可是我们干了几十年，到现在所用的电灯，所坐的汽车，都是外国人做的。我们自己不会造出来，这是什么缘故？这因为书呆子不去干科学的事业，因他不用手去试验，不用手去创造。一定要四万万人用手推动机器，才能把中华民国创造起来。头脑帮手生长，手帮头脑生长。

中国有两种病。一种是“软手软脚病”，一种是“笨头笨脑病”。害“软手软脚病”的人，便是读书人，他的头脑一定靠不住，是呆头呆脑的。而一般工人农民都是害的“笨头笨脑病”，所以都是粗手粗脚。一个人要有贡献于社会，一定要手与脑缔结大同盟。然后，可以创造，可以发明，可以建设国家，可以把东三省拿回来！要东三省拿回来，没有这么容易，必须要用手去拿回来！

老妈子和佣人天天替代我的小孩子的手，使他们的手都变成无用的手，故我决心把五百元一月的干事职位不要了，去当一百元一月的校长，我们学校里没有一个听差，没有一个斋夫，各事都是学生自己干。我写了两首歌，一首是勉励学生的，一首是戒人不要做双料少爷。

第一首：“滴自己的汗，吃自己的饭；自己的事自己干。靠天靠祖上，不算是好汉！”

第二首：“自从家父做老爷，人人呼我阔少爷。谁知我还是自倒洗脸水，远不如进个学堂儿。上课看情书，下课拜小姐，不高兴闹个风潮儿，直要教员怕我如同儿子怕爹爹！

请看今日卖国贼，那一个不是当年的双料少爷！！！”

上面两首歌，一首是建设论，一首是破坏论。我们学校里没有听差，结果很好。男学生挑水烧饭，女学生倒马桶。饭是很好吃，为什么马桶不好倒？当那女学生初来投考我们的学校，我先要问她一声，愿意不愿意倒马桶？愿意倒马桶的来学。虽然倒马桶不能救国，但是它的进一步的意思很深。能倒马桶，小姐的架子打破了！她的一双手拿出来了，将来会玩出比外国更好的电灯出来，会玩出比外国更好的汽车出来，会玩出比外国更好的飞机出来。

至于各种人的手，如穿马褂子的人的一双手都缩拢在袖管里面，穿西装的人的双手都插在裤袋里，老先生的一双手指甲留得长长，成一种曲线美，双手镶在袖管里。女学生的一双手都用手套子套了起来。因一双可以创造的手，套起来了，故把中华民国一起都套进去了，不能出头！

现在再讲脚。脚也要动动。从前女子绕小脚，用布包包。现在学外国新法绕小脚，应用几何学原理，高跟皮鞋就是一种几何三角形的道理。穿了这种皮鞋，脚不易走动了，弄得不好，就要跌交。这样的女国民，能与日本去奋斗吗？多一个人穿高跟皮鞋就是少一个人去奋斗。要解放脚，非打倒高跟皮鞋不可。要解放手，非打倒手套不可。新近我写了一首歌，知道的人已很多了。现在再来背一下。

人身两个宝，双手与大脑。用脑不用手，快要被打倒，用手不用脑，饭都吃不饱。手脑都会用，方是开天辟地的大好佬。

这大好佬，人人都会做！只要两只手拿出来用就行。中华民国不是几千个人几万个人所能做得好的。一定要四万万人都来推动机器，才可创造成功！这非用手不可。

脑与手没有力量，因血脉不相联通。我下了两帖药，叫它们的血脉联通起来。第一帖药名叫"脑化手"，使人人都有脑筋变化过的手。还有一帖要给无产阶级的农人和工人吃的，药的名字叫"手化脑"，就是一面用手，一面要有思想。倘若就把用脑不用手的人的呆头呆脑拿来装过去却是不配的。几百年来，瞎子教育的成绩证明，我们的一双手可以变化我们的脑筋。手做了工，脑筋就变化了。一经变化之后，手与脑筋互相长进。怎样变化的法子，我可举一个例子来说明。我在上海办过一个小小的试验。就大场地方租了一间房子，里面的凳子都是从乡下人那边借来用一下。我们要自己学来做，请了一个木匠师傅来。不当他小工，当他一位太上先生，由我这大书呆子带了一班小书呆子跟他学。我对他说："我们工钱不少你的，工钱照你的工作分配，所有四十只凳子一齐由你做好，我们一钱不给你。你能教会了一个书呆子做凳子，就有 一个凳子的工钱。你教会了两个书呆子做凳子，就有两个凳子的工钱。"现在凳子都已做起来了，这样各人的手一用过后，自己买了一样科学仪器，自己就能仿造了。对这件事我已写了一首小诗：

他是木匠，我是先生，先生学木匠，木匠学先生。学学学，我变了木匠，他变了木匠先生。

脑筋与手联合起来，才可产生力量，把“弱”与“愚”都可去掉，手与脑联起来。既有力量了，力量要在那一方面表现出来？我以为力量要从两方面表现出来：

（一）要叫力量武装起来。全国的国民，武装了才有力量。这种力量才能广大。不说别的，就拿广西来说罢。据广西的民政厅长雷殷与新近从广西考察还沪的杜重远先生等讲，都很清楚，他们广西那边，只有八个字：“寓兵于团，寓将于学。”过去的一年，已练成三十六万民团。预计五年可练二百万民团。不是个人来当民团，是个个人背了枪来干。各地的县长就是武装的团长。全省正式军队只有两师（即五万人）。他们把省下来的钱培养人民武力。老实说，日本人不来上海之前，他们早已在训练民团，整个的省份武装起来了。现在已经有成效，民众团体化、纪律化。武装起来，才能做中华民国的主人翁，才能消灭内战，才能打破外来的帝国主义侵略。几时日本兵要到北平？我们不知道。不过谁敢说日本兵不来？所以我们应该有这种准备！

（二）力量不只在武力上表现，还要在生产上表现。要有计划的组织的生产。一般年纪大的人，再要学起来很难，可是我们不要忘记我们的小孩子。有几个小孩子的，总得让他们多受一些科学的训练与生产的训练，从小的时候教起来。我们自已做一些粗工，不要老妈子和佣人去做，小孩子见了，也会跟着大人做了。我有几首儿童歌，是包含使儿童有创造的意思，现在背出来：

我是小盘古，不怕吃苦；我要开辟新天地，看我手　中双斧！（《小盘古》）

我是小牛顿，让人说我笨；我要用我的脑筋，向大自然追问。（《小牛顿》）

我是小孙文，我有革命精神；我要打倒帝国主义，像个球儿打滚。（《小孙文》）

我是小工人，我的双手万能；我要造富的社会，不是造富的个人。（《小工人》）

今天所讲的可归纳为三点：（一）脑与手联合起来才能产生力量；（二）力量要在自卫政策上表现出来；（三）科学生产上头才把这力量表现出来。西洋人的耳朵只听得进的一个字，就是“力”字。你有力，他们听你；你没有力，他们不听你。

现在，我还有四句话要说，就是：

“不愿做工的，不配吃饭；不愿抵抗的，不算好汉。”

今天是我卖讲的头一回，也可说今天是我的处女讲。

《新社会》第4卷第2号（1933年1月16日）

生活教育

生活教育这个名词是被误解了。它所以被误解的缘故，是因为有一种似是而非的理论混在里面，令人看不清楚。这理论告诉我们说：学校里的教育太枯燥了，必得把社会里的生活搬一些进来，才有意思。随着这个理论而来的几个口号是："学校社会化""教育生活化""学校即社会""教育即生活"。这好比一个笼子里面囚着几只小鸟，养鸟者顾念鸟儿寂寞，搬一两丫树枝进笼，以便鸟儿跳得好玩，或者再捉几只生物来，给鸟儿做陪伴。小鸟是比较的舒服了。然而鸟笼毕竟还是鸟笼，决不是鸟的世界。所可怪的是养鸟者偏偏爱说鸟笼是鸟世界，而对于真正的鸟世界的树林反而一概抹煞，不加承认。假使笼里的鸟，习惯成自然，也随声附和的说，这笼便是我的世界；又假使笼外的鸟，都鄙弃树林，而羡慕笼中生活，甚至以不得其门而入为憾，那末，这些鸟才算是和人一样的荒唐了。

我们现在要肃清这种误解。生活教育是生活所原有，生活所自营，生活所必需的教育（Life education means an education of life，by life and for life）。教育的根本意义是生活之变化。生活无时不变，即生活无时不含有教育的意义。因此，我们可以说："生活即教育。"到处是生活，即到处是教育；整个的社会是生活的场所，亦即教育之场所。因此，我们又可以说："社会即学校。"在这个理论指导之下，我们承认：过什么生活，便是受什么教育；过好的生活，便是受好的教育；过坏的生活，便是受坏的教育；过有目的生活，便是受有目的教育；过糊里糊涂的生活，便是受糊里糊涂的教育；过有组织的生活，便是受有组织的教育；过一盘散沙的生活，便是受一盘散沙的教育；过有计划的生活，便是受有计划的教育；过乱七八糟的生活，便是受乱七八糟的教育。换个说法，过的是小少爷生活，虽天天读劳动的书籍，不算是受着劳动教育；过的是迷信生活，虽天天听科学的演讲，不算是受着科学教育；过的是随地吐痰的生活，虽天天写卫生的笔记，不算是受着卫生的教育；过的是开倒车的生活，虽天天谈革命的行动，不算是受着革命的教育。我们要想受什么教育，便须过什么生活。

生活教育与生俱来，与生同去。出世便是破蒙，进棺材才算毕业。在社会的伟大学校里，人人可以做我们的先生，人人可以做我们的同学，人人可以做我们的学生。随手抓来都是活书，都是学问，都是本领。

自有人类以来，社会即是学校，生活即是教育。士大夫之所以不承认他，是因为他们有特殊的学校给他们的子弟受特殊的教育。从大众的立场上看，社会是大众惟一的学校，生活是大众惟一的教育。大众必须正式承认他，并且运用他来增加自己的智识，增加自己的力量，增加自己的信仰。

生活教育是下层建筑。何以呢？我们有吃饭的生活，便有吃饭的教育；有穿衣的生活，便有穿衣的教育；有男女的生活，便有男女的教育。它与装饰品之传统教育根本不同。它不是摩登女郎之金钢钻戒指，而是冰天雪地下的穷人的窝窝头和破棉袄。

生活与生活磨擦才能起教育的作用。我们把自己放在社会的生活里，即社会的磁力线里转动，便能通出教育的电流，射出光，放出热，发出力。

《生活教育》第1卷第1期（1934年2月16日）

教育的新生

宇宙是在动，世界是在动，人生是在动，教育怎能不动？并且是要动得不歇，一歇就灭！怎样动？向着那儿动？

我们要想寻得教育之动向，首先就要认识传统教育与生活教育之对立。一方面是生活教育向传统教育进攻；又一方面是传统教育向生活教育应战。在这空前战场上徘徊的、缓冲的，时左时右的是改良教育。教育的动向就在这战场的前线上去找。

传统教育者是为办教育而办教育，教育与生活分离。改良一下，我们就遇着“教育生活化”和“教育即生活”的口号。生活教育者承认“生活即教育”。好生活就是好教育。坏生活就是坏教育。前进的生活就是前进的教育。倒退的生活就是倒退的教育。生活里起了变化，才算是起了教育的变化。我们主张以生活改造生活，真正的教育作用是使生活与生活磨擦。

为教育而办教育，在组织方面便是为学校而办学校。学校与社会中间是造了一道高墙。改良者主张半开门，使“学校社会化”。他们把社会里的东西，拣选几样，缩小一下搬进学校里去，“学校即社会”就成了一句时髦的格言。这样，一只小鸟笼是扩大而成为兆丰花园里的大鸟笼。但它总归是一只鸟笼，不是鸟世界。生活教育者主张把墙拆去。我们承认“社会即学校”。

这种学校是以青天为顶，大地为底，二十八宿为围墙，人人都是先生都是学生都是同学。不运用社会的力量，便是无能的教育；不了解社会的需求，便是盲目的教育。倘使我们认定社会就是一个伟大无比的学校；就会自然而然的去运用社会的力量，以应济社会的需求。

为学校而办学校，它的方法必是注重在教训。给教训的是先生，受教训的是学生。改良一下，便成为教学——教学生学。先生教而不做，学生学而不做，有何用处？于是“教学做合一”之理论乃应运而起。事该怎样做便该怎样学，该怎样学便该怎样教。教而不做，不能算是教；学而不做，不能算是学。教与学都以做为中心，在做上教的是先生，在做上学的是学生。

教训藏在书里，先生是教死书，死教书，教书死；学生是读死书，死读书，读书死。改良家觉得不对，提倡半工半读，做的工与读的书无关，又多了一个死：做死工，死做工，做工死。工学团乃被迫而兴。工是做工，学是科学，团是集团，它的目的是“工以养生”“学以明生”“团以保生”。团不是一个机关，是力之凝结，力之集中，力之组织，力之共同发挥。

教死书，读死书便不许发问，这时期是没有问题。改良派嫌它呆板，便有讨论问题之提议。课堂里因为有了高谈阔论，觉得有些生气。但是坐而言不能起而行，有何益处？问题到了生活教育者的手里是必须解决了才放手。问题是在生活里发现，问题是在生活里研究，问题是在生活里解决。

没有问题是心力都不劳。书呆子不但不劳力而且不劳心，进一步是：教人劳心。改良的生产教育者是在提倡教少爷小姐生产，他们挂的招牌是教劳心者劳力。费了许多工具，玩了一会儿，得到一张文凭，少爷小姐们到底不去生产物品而去生产小孩。结果是加倍的消耗。生活教育者所主张的“在劳力上劳心”是要贯彻到底，不得中途而废。

心力都不劳，是必须接受现成知识方可。先在学校里把现成的知识装满了，才进到社会里去行动。王阳明先生所说的：“知是行之始，行是知之成。”便是这种教育的写照。他说的“即知即行”和“知行合一”是代表进一步的思想。生活教育者根本推翻这个理论。我们所提出的是：“行是知之始，知是行之成。”行动是老子，知识是儿子，创造是孙子。有行动之勇敢，才有真知的收获。

传授现成知识的结果是法古，黄金时代在已往。进一步是复兴的信念，可是要“复”则不能“兴”，要“兴”则不可“复”。比如地球运行是永远的前进，没有回头的可能。人只见春夏秋冬，周而复始，不知道它是跟着太阳以很大的速率向织女星飞跑，今年地球所走的路绝不是它去年所走的路。我们只能向前开辟创造，没有什么可复。时代的车轮是在我们手里，黄金时代是在前面，是在未来。努力创造啊！

现成的知识最初是传家宝，连对子女都要守秘密。后来，普通的知识是当作商品卖。有钱、有闲、有脸的乃能得到这知识。那有特殊利害的知识仍为有权者所独占。生活教育者就要打破这知识的私有，天下为公是要建筑在普及教育上。

知识既是传家宝，最初得到这些宝贝的必是世家，必是士大夫。所以士之子常为士，士之子问了一问为农的道理便被骂为小人。在这种情形之下，教育只是为少数人所享受。改良者不满意，要把教育献给平民，便从士大夫的观点干起多数人的教育。近年来所举办的平民教育、民众教育，很少能跳出这个圈套。生活教育者是要教大众依着大众自己的志愿去干，不给智识分子玩把戏。真正觉悟的知识分子也不应该再要这套猴子戏，教大众联合起来自己干，才是真正的大众教育。

智识既是传家宝，那么最初传这法宝的必是长辈。大人教小人是天经地义。后来大孩子做了先生的助手，班长、导生都是大孩教小孩的例子。但是小先生一出来，这些都天翻地覆了。我们亲眼看见：小孩不但教小孩，而且教大孩，教青年，教老人，教一切知识落伍的前辈。教小孩联合大众起来自己干，才是真正的儿童教育。小先生能解决普及女子初步教育的困难。小先生能叫中华民族返老还童。小先生实行“即知即传人”是粉碎了知识私有，以树起“天下为公”万古不拔的基础。

《新生》第1卷第36期（1934年10月）

小先生与民众教育

今天贵馆民众教育服务人员训练班举行开学典礼，行知能躬逢其盛，参与大典，心里觉到非常快活。刚才冯先生及两位来宾，已说了许多我心里所要说的意思，现在行知再简单的说几句。

近来我对“民教”二个字有点感想。教育在从前甚至现在是被少数有钱人把它当做私有财产占住了，就如同占取金钱一样，非但把它占有，而且还要存在银行的铁柜里牢牢保护，不轻易传给别人。我以为“民众教育”的根本意义，就是教人把知识广散给大众，不是像占取金钱一样，把它封锁在少数人的脑袋里，把头弄得大大的。干民众教育，便是要把教育、知识变成空气一样，弥漫于宇宙，洗荡于乾坤，普及众生，人人有得呼吸。空气是不要钱买的，人人可以自由呼吸。教育也就不能以金钱做买卖，人人可以自由享受。把教育当作商品做买卖，只被少数有钱人霸占，使大多数人像坐牢一般受限在一个“愚者之群”的圈子里，这绝对不行，我们极力要否认。有了空气人才活，没有空气便活不成。空气是人人需要，人人不可少。教育也是人人需要，人人不可少。新鲜空气是有益于人的，教育也必不能仅是些泥灰污浊气，给人以害生。所以把教育、知识化做新鲜空气，普遍的广及于大众，人人可以按其需要，自由呼吸，因而增加大众以新的生命活力，我以为这便是民众教育最主要的意思。不过挂着民众教育的招牌，不见得就会把智识变成空气，必得要有办法才行。在我看来，这办法便只有运用小先生，小先生便能把知识变成空气。

小先生出世尚未到一年，而它的怀胎，却远在十数年以前。小先生最重要的几位接生婆，除我以外，你们的主任冯先生也是一个，今春“一·二八”宝山普及教育动员令，便是冯先生发的（《生活教育》第一期画报，很希望大家一看）。每村小先生发令旗一面，普及教育，把知识变做空气！

小先生为什么能把知识变成空气一样的容易普遍呢？因为小先生便是小学生，他早上学了两个字，晚上便可以把这两个字拿去教人，此刻学了一件知识或一种技能，彼时即可以把这一件知识或一种技能去教别人，他不像大先生一样要领薪水。所以我们可以不化经费把教育普及出去。

有人说，小先生要有相当程度才行。我敢保证说，六岁小孩便可以做小先生，这是有着铁打的事实。当然，小先生所遇到的困难非常多，我现在正要写《小先生的八十一难》。《西游记》上唐僧取经，要经过九九八十一道难关，幸而有三个徒弟费了很大的力量把它一个个的解除了。有的是猪八戒帮助解除的，有的是沙僧帮助解除的，而帮助唐僧解难关最多的要算孙悟空。现在小先生普及教育，正犹如唐僧向西天去取佛经一样，要经过八十一道难关。我们做个猪八戒也好，做个沙僧也好，做孙悟空更好，总动员去帮助小先生解除一难又一难，把教育变成新鲜空气普及出去，以增加大众的新兴力量。

用小先生普及教育，还有四点比大先生好的地方：

第一，中国最难普及的是女子教育。乡下十七八岁大姑娘，或是二十几岁的大嫂子，一位年青的男先生去教，乡下人是看不惯，不欢迎你去教的。即有较开通，肯受教了，不多时，谣言来了，女学生不敢上学了，甚至把学堂封掉了，男先生失败了。女先生去教固然是很好，可是女先生太少了，而且女先生大都是些少奶奶、小姐，肯下乡的真是难得。有勇气下乡的，怕蛇，怕鬼，怕小偷，又吓跑了。如果是男校长请女教员，那又有困难问题。夫妻学校最好，可是又太凤毛麟角，少之又少了。现在小先生来了，女子教育就如雪团见太阳，一见冰消，问题一笔解决。广东百侯中学有三百小先生，教二千多民众，其中女人就有一千五百人之多，由此可见小先生对普及女子教育问题解决之一斑。

第二，有人说，中华民族现在是衰老了。我推究其原因虽多，但有一个原因，便是被人教老了。六岁小孩子，大人就教他要“少年老成”，而这小孩子也就无形中涂上两个八字胡须，做个小老夫子了。我有一个大学毕业的学生，他到一个女子中学去当教员，可是年纪太轻了，很不为人敬重。后来教员不当，找了一件别的事做，便养起一嘴胡子来。本来是个美少年，一变而为美髯公，因此很受人敬重而做了许多年的事。所以中华民族衰老，便是社会教人变老，教小孩子做小老翁。用小先生教人便不同了，大人跟小孩学，无形中得到一种少年精神，个个变为老少年。本来，大人者，不失其赤子之心者也。这样一来，朝气必格外勃勃。前天在上海西区小学开小先生会，有一位小先生教一八十三岁老太婆。又有一位孩子，教其德国母亲认中国字。写的故事均非常生动有趣。南京有一个丁广生小先生，教他父亲。他父亲有一天用笔画一个乌龟，画一角菱角。小先生不懂，问他父亲什么缘故。他父亲告诉他说。“我画着玩的，这意思是说：菱角怕乌龟，乌龟爱菱角。”后来丁广生便把这几个字写出来教他，父亲读得非常有趣。前天下午两点半钟，我未吃午饭，正想出去买两块烧饼充饥时，忽接西桥小先生来的信，我便坐在门外一个竹椅上拆开来看。有一位小先生教他六十二岁的祖母。他的祖母能读能认，不能写字，小先生便代祖母口里说的意思写信给我，精神非常好，我看得饭也忘记吃了。在这许多故事中，可以看出中华民族可以因小先生而转老还童，而得一种新兴的少年精神。

第三，刚才我已说过，过去甚至现在，教育是被少数有钱人把它当为私有财产占住。小先生一出来，“即知即传人”，立刻把这种观念撕得粉碎，要知识公有，不再私占。要把教育化为“春风风人，夏雨雨人”一样，人人有得到沾施的机会。“天下为公”的基础，第一步便要知识公有。这一点，小先生是可以帮助我们，一个钱也不要化的做到。

第四，一般乡村小学要和学生家庭联络。很多困难，教师感觉孤立，学校感觉单调，利用小先生那便好了。小先生是一根根流动的电线，这一根根电线四方八面伸展到社会底层，构成一幅生活教育网、文化网，把学校与家庭构成一体，彼此可以来往，可以交通。它把社会所发生的问题，所遇到的困难，带回学校，再把学校里的知识技能带回社会去。这样一来，如有一位教师，三十位小学生，而这三十位小学生便是三十位小同志，教师不再孤立，学校也不再和社会隔膜，而能真实地通出教育的电流，碰出教育的火花，发出教育的力量。训练班诸位同学，现在最要紧的一件事，便是“怎样把小先生的办法得到”“怎样把学校教育与社会教育打成一片”。将来到一处办民众教育馆，最要紧的，便是要和当地的小学校联络，私塾联络，店铺里的能看报的掌柜联络，要发动他们都负起教人责任，即知即传人，共同普及教育。还有一点，办民众夜校，开学后学生只见少而不见多。我们也得要教学生去做先生教人。譬如有四十位学生，我们教他们每人回去教二个人，这样便一共有一百廿位学生了。这样成人做先生，我们不叫他“小先生”，叫他做“连环先生”或“传递先生”。因为他是要继续不断地循环着，学后去教人。最后，我还有几句话要向诸位贡献。

我们现在办民众教育必得要承认；

农人最好的先生，不是我，也不是你，是农人自己队伍里最进步的农人！

工人最好的先生，不是我，也不是你，是工人自己队伍里最进步的工人！

小孩子最好的先生，不是我，也不是你，是小孩子自己队伍里最进步的小孩子！

我们现在最要紧的工作便是在：

帮助进步的农人格外进步，由他们“联合自动”，领导全体农人一同进步！

帮助进步的工人格外进步，由他们“联合自动”，领导全体工人一同进步！

帮助进步的小孩子格外进步，由他们“联合自动”，领导全体小孩子及时代落伍的成人一同进步！

《生活教育》第1卷第20期（1934年12月1日）

文化细胞

一般人只要一提到教育便联想到学校，一提到普及教育便联想到普设学校。他们好像觉得学校是惟一的教育场所，如果要想普及教育便非普设学校不可。倘使没有钱普及四年的学校教育，他们便退一步主张普及一年的学校教育，甚至于退到四个月、两个月、一个月的学校教育。万一不能普及全天的教育，他们想半天、二小时、一小时也是好的，但必须在学校里办。仔细把它考虑一下，这种意见只是一种守旧的迷信。我们若不跳出学校的圈套，则普及现代教育在中国是不可能。我不说学校没有用，但学校之外，我们必须创造一种下层文化的组织，适合大多数人的生活，便利大多数人继续不断的长进，才是有了永久的基础。

我建议要创造一种文化细胞。每一家，每一店铺，每一工厂，每一机关，每一集团组成一个文化细胞。这种细胞里的分子有两种：一是识字的，一是不识字的。我们叫每一个细胞里的识字分子教导不识字分子，说得正确些，我们要叫识字分子取得现代知识精神，连文字一同教给不识字的分子。这样一来，每个文化细胞里的分子都能继续不断的长进。任何文化细胞里倘若识字分子过剩，可以分几个出去，帮助缺少识字分子的细胞。这种文化细跑在山海工学团范围以内叫做工学队，为工学团最下层之组织单位。俞塘称它为生活教育团，安徽省会称它为普及教育团。有人建议称它为自学团或共学团。名字不同，无关重要，但他们有一点相同，便是感到专靠学校来普及教育在中国是很勉强，不易做到。即使做到了，也是一种短命教育，没有久远的长进。所以要在学校之外创出一种较为自然之组织来救济，不但要谋教育之普及，并要谋所普及之教育得以继长增高。他们用得着学校的地方，不妨先开一个学校。铺中、家中连一个识字的人也没有的地方，不妨叫每家每铺先派一人每天来校学半小时或一小时，再依即知即传之原则，把各个文化细胞成立起来。

普及教育动员令一下，有暇进学校的，尽可进学校；无暇进学校的，在自己家里、店里、工厂里及任何集团里创起文化细胞来共谋长进。文化细胞成立后，必须向负责学校或教育行政机关注册。凡在文化细胞里自谋长进的，可以不进学校；凡在学校里求学的，必须常川回到他的文化细胞里来尽义务教人。

学校是文化的旅馆，只能暂住而不可以久留。自学团、共学团、普及教育团、生活教育团或工学团下之工学队，才是文化之活细胞。

《生活教育》第2卷第5期（1935年5月1日）

文化网

文化细胞虽是最下层的组织，但是光棍的细胞是没有多大用处，我们必须把一个个的“文化细胞”联合起来，结成一个文化网。

在都市里，每一铺户里的识字者与不识字者组织一个生活教育团，继续不断的共同教学做，便成了一个“文化细胞”。有了这个“文化细胞”的组织，这一铺户里的人便可以活到老做到老，教到老学到老。如果一条街上之“文化细胞”都联了起来，成了一街的文化组织，再进一步，一区的街文化组织都联了起来，成了一区的文化组织，以至全市的文化组织，那便是有了文化网的作用了。我们可以称它为街文化网、区文化网、市文化网。乡下的可以称为村文化网、乡文化网，等等。

“文化网”的目的，无论在乡下或是在城里，都是要把单个的“文化细胞”联合一气，把它范围里面的人一齐捞到时代的岸上来，不使一个漏掉。

“文化网”对于“文化细胞”负有两种使命。一是培养新的“文化使者”去创造新的“文化细胞”。例如这一条街上或这一个村里，有一半的人家家里没有识字的人，我们就可以叫每一家派一个人来，一面学，一面回到家里去创造新的“文化细胞”。

二是从外界吸收新血液，向着范围内的每一个“文化细胞”继续不断的灌注进去，使它们可以继续不断的生长。例如某街某村之“文化网”，必得运用说书、滩簧、留声机等等，把“文化细胞”的分子，每星期号召来开一次会，以磨擦出来新的精神。范围较大的区域，更可运用演戏、电影、无线电话来号召。我们要寓教育于娱乐，才能发挥这“文化网”的作用。如果到会的人觉得是单单来受测验或是受训练，不久将要变成一桩枯燥无味的事情，大家都要望而生畏了。

文化细胞是基本的组织，文化网是有提纲挈领的作用。从事普及教育者必须兼筹并顾，方能发生广大深刻的效力。

《生活教育》第2卷第6期（1935年5月16日）

我们的态度

我们这个刊物，经过长时间的筹备，居然在这多难的五月出世了。

在这个年头，要办一种刊物，说几句自己心上所要说的话，本不甚容易，但是我们的态度是坦白的，我们的心地是纯洁的，我们既决定要说自己所要说的话，那我们也只有坦白地纯洁地不管一切地说话了。

（一）我们坚决地主张教育目标的大众化

我们所主张的大众教育包含有两种意义：其一，过去的教育是少数的独占的教育。这种少数独占的现象，不但是一种社会的病态，而且与需要大众为民族生存而斗争的现局相矛盾。教育的大众化，不仅站在大众的立场，是我们应有的权利，即从民族的立场观察，亦是我们应有的责任。所以我们主张将少数的独占的教育归还于大众。其次通常的教育每专指学校内的教育而言，并且以为教育的任务只在教人识字读书。但是，我们所理解的大众教育却并不是这样的。我们以为教育并不是被以砖墙或篱笆围着的学校所限定，而且教育的主要目的也并不在于教人识字读书——固然识字原是重要的手段，而是在教人在行动中解决他自身与他所属的社会的困难。所以我们主张的大众教育是要冲破学校的墙围而以整个社会为教育的场所，而且由文字知识的教育扩大为超文字的行动的教育。

（二）我们坚决主张教育理论的现实化

这里所谓理论，决不是空想的，而是要从现实的综合的观察中发现事件的联系。过去的教育正犯了两种相反的错误：一种是离开现实的空想的理论，如所谓人格教育、文化教育是；另一种是根本缺乏综合理论的实验主义的教育观。他们都只是支支节节地做些头痛医头脚痛医脚的工作，看不见或看不清教育与现实的各方面的联系。这两种错误见解更递地在中国教育领域内散播了不少的毒素。现在我们对于这些错误是要不客气地给予清算的。

教育是一种行动，而行动需要理论的指导，没有理论的行动，那是盲动。并且行动之能否成功，要看理论之是否正确。因为不正确的或歪曲的理论是要导行动陷于错误的泥潭的。即以国难教育为例，假使不了解什么是国难，不了解教育的本质，或不了解国难与教育的联系，则在教育的实施上必然地要陷于错误的。我们看现在各地所实施的国难教育之不伦不类，即由于没有正确的理论指导之故。所以正确的教育理论是教育行动上所不可须臾或离的。

总之，我们今后的努力，一方面要竭力将教育建筑在大众的基础上面，而另一方面要竭力建树一种正确的合于现实需要的教育理论，以为教育行动的指导。然而我们的力量是有限的，希望同情于我们的教育工作者以及受教育的大众多多帮助我们。这个刊物原是属于大众的。朋友们！在这民族危机已经压到头顶上的今日，让我们在教育领域的工作中，来尽一部分民族解放运动的责任吧！

《大众教育》创刊号（1936年5月10日）

育才学校创办旨趣

我们在普及教育运动实践中，常常发现老百姓中有许多穷苦孩子有特殊才能，因为没有得到培养的机会而枯萎了。这是一件非常可惜的事情。这个民族的损失，人类的憾事，时时在我的心中，提醒我中国有这样一个缺陷要补足。

抗战后，从国外归来，路过长沙汉口时，看到难童中也有一些有特殊才能的小孩，尤其在汉口临时保育院所发现的使人更高兴。那时我正和音乐家任光先生去参观，难童中有一位害瘌痢的小朋友，但他是一位有音乐才能的孩子，不但指挥唱歌有他与众不同的能力，而他也很聪敏，任光先生给他的指示，他便随即学会。

又有一次，我在重庆临时保育院参观，院长告诉我一件令人愤愤不平的事。他说近来有不少的阔人及教授们来挑选难童去做干儿子，麻子不要，瘌痢不要，缺唇的不要，不管有无才能，唯有面孔漂亮，身材秀美，才能中选。而且当着孩子的面说，使他们蒙上难堪的侮辱，以至在他们生命中，烙上一个不可磨灭的印象。

以上三个印象，在我的脑子里各各独立存在了很久。有一天，忽然这三个意思凝合起来了：几年来普及教育中的遗憾，须求得补偿，选干儿子的做法，应变为培养国家民族人才幼苗的办法，不管他有什么缺憾，只要有特殊才能，我们都应该加以特殊之培养，于是我便发生创办育才学校的动机。当时就做了一个计划，由张仲仁先生领导创立董事会，并得到赈委会许俊人先生之同意而实现，这是去年一月间的事。

创办育才的主要意思在于培养人才之幼苗，使得有特殊才能者的幼苗不致枯萎，而且能够发展，就必须给与适当的阳光、空气、水分和养料，并扫除害虫。我们爱护和培养他们正如园丁一样，日夜辛勤的工作着，希望他们一天天的生长繁荣。我们拿爱迪生的幼年来说吧，他小时在学校求学，因为喜欢动手动脚，常常将毒药带到学校里来玩，先生不理解他，觉得厌恶，便以“坏蛋”之罪名，把仅学了三个月的爱迪生赶出了学校。然而他的母亲却不以为然，她说她家的蛋没有坏，她便和她的儿子约好，历史地理由她教他，化学药品由自己保管，将各种瓶子做记号，并且放在地窖里。他欣然的接受了母亲的意见，于是这里那里的找东西，高高兴兴的玩起来。结果就由化学以至电学，成为世界有名的大发明家。虽然那三个月的学校教育是他一生仅有的形式教育，但是由于他母亲的深切的理解他，终能有此造就。像爱迪生母亲那样了解儿童的精神，是值得我们学习的。假如他的附近有化学家、电学家特殊的帮助，设备方面又有使用之便利，则可减少他许多困难。我们这里便想学做爱迪生的母亲，而又想给小朋友这些特殊的便利，

我们这里的教师们，要有爱迪生母亲那样了解儿童及帮助儿童从事特殊的修养，但在这民族解放战争中，单为帮助个人是不

够也是不对的，必须要在集体生活中来学习，要为整个民族利益来造就人才。因此，我们要引导学生们团起来做追求真理的小学生；团起来做自觉觉人的小先生；团起来做手脑双挥的小工人；团起来做反抗侵略的小战士。

真的集体生活必须有共同目的，共同认识，共同参加，而这共同目的，共同认识和共同参加，不可由单个的团体孤立的建树起来。否则又会变成孤立的生活，孤立的教育，而不能充分发挥集体的精神。孟子说："先立乎其大者，则其小者不能夺也。"我们中国现在最大的事是什么？团结整个的中华民族，以打倒日本帝国主义而创造一个自由平等幸福的中华民国。我们的小集体要成了这个大集体的单位才不孤立，才有效力，才有意义。与这个大集体配合起来，然后我们的共同立法，共同遵守，共同实行，才不致成为乌托邦的幻想。

我们的学生要过这样的集体生活，在集体生活中，按照他的特殊才能，给与某种特殊教育，如音乐、戏剧，文学、绘画、社会、自然等。以上均各设组以进行教育，但是小朋友确有聪明，而一时不能发现他的特长，或是各方面都有才能的，我们将来要设普通组以教育之。又若进了某一组，中途发现他并不适合那一组，而对另一组更适合，便可以转组。总之，我们要从活生生的可变动的法则来理解这一切。

但是，育才学校有三个不是，须得在此说明：

一、不是培养小专家。有人以为我们要揠苗助长，不顾他的年龄和接受力及其发展的规律，硬要把他养成小专家或小老头子。这种看法是片面的，因为那样的办法也是我们极反对的。我们只是要使他在幼年时期得到营养，让他健全而有效地向前发展。因此，在特殊功课以外，还须给与普通功课，使他获得一般知能，懂得一般做人的道理，同时培养他的特殊才能，根据他的兴趣能力引导他将来能成为专才。

二、不是培养他做人上人。有人误会以为我们要在这里造就一些人出来升官发财，跨在他人之上，这是不对的。我们的孩子们都从老百姓中来，他们还是要回到老百姓中去，以他们所学得的东西贡献给老百姓，为老百姓造福利；他们都是受着国家民族的教养，要以他们学得的东西贡献给整个国家民族，为整个国家民族谋幸福；他们是在世界中呼吸，要以他们学得的东西帮助改造世界，为整个人类谋利益。

三、我们不是丢掉普及教育而来干这特殊的教育。其实我们不但没有丢掉普及教育而且正在帮助发展它。现在中国处在伟大的抗战建国中，必须用教育来动员全国民众觉悟起来，在三民主义抗战建国纲领之下，担当这重大的工作，所以普及教育，实为今天所极需。是继续不断的要协助政府研究普及教育之最有效之方法，以提高整个民族的意识及文化水准。育才学校之创立，只是生活教育运动中的一件新发展的工作，它是丰富了普及教育原定的计划，决不是专为这特殊教育而产生特殊教育，也不是丢掉普及教育而来做特殊教育。

《战时教育》第6卷第1期（1940年8月1日）

我的民众教育观

民众教育是什么？民众教育是民众的教育，民众自己办的教育，为民众的最高利益而办的教育。换句话说：民众教育是给民众以教育，由民众来教育，为民众而教育。给民众以教育是用教育来动员民众。无论是征兵、征工、募捐、募寒衣，及一切需要民众做的事，强迫不如说服，命令不如志愿，被动不如自动。说服是教育的方法，志愿是教育的成果。自动是教育所启发的力量。所以教育是动员民众最可靠、最有效的武器。由民众来教育是用民众来动员教育。中国对教育是动员了四五十年，到如今中国教育还没有普遍的动起来。这是什么缘故呢？先生少，学生多。小众的力量不够大，推不动大众的教育。但是民众接受了智识即刻传递给别人，那就容易推动了。前进的民众来教育落后的民众，一起起来动员教育，那末教育就不能不普遍的动起来了。为民众而教育是为民众最高的利益而教育。民众最高的利益是什么呢？中国民众最高的利益，不消说得，是打倒日本帝国主义，建立一个自由平等幸福的中华民国，并和全世界反侵略之战友共同来创造一个合理公道互助的世界。所以由民众来动员教育，用教育来动员民众，以争取这最高之利益和最后之胜利，才可算是真正的民众教育。

民众教育之发展大概有三个阶段：第一个阶段是要民众。

第二个阶段是要教育民众。第三个阶段是民众要教育。要民众是民众教育之基本条件。否则民众且不要，何况乎民众教育。可是单凭我们的主观或是小众的利益而办的民众教育，民众不一定接受，一直等到我们发现民众所以不接受这样“教育”的缘故，并且改变我们的方针、内容、方法，使所办民众教育适合民众的口味，然后民众才要教育。也要等候它办到民众未得它之先是如饥如渴的想念，既得它之后是向前向上的奋发，那时候民众教育才算是办得有几分谱子了。

中国已往的民众教育是害了三种病。一是偏枯病。它或是由于有意的放弃，或是由于无意的忽略，以致大部分的民众是不知、不能、不可、不敢跑进民众教育的圈里来。例如老年人、女人、工人、农人、流浪儿，绝大多数是被摈于民众教育之外。我没有篇幅给我一一举例，只谈一谈老年人吧，假使全国的老太太都能有机会受一点像岫岩县的赵老太太、修仁县的曾大娘、歇马乡的刘太太的教育，那末对于她们的从军的儿子是有多末大的鼓励啊！假使有一点真的教育配献给她们，那末，经过她们的广播，又是有何等扩大的影响啊！然而一般民众教育者则忽视老人之重要，而口口声声的说，我们要赶快培养青年民众，老人家快要进棺材了，有什末用呢？因此，民众教育对于老年人则害了偏枯症，同样，它对于妇女、农人、工人、流浪儿都害了偏枯的症候。二是守株待兔病。民众教育者是坐在民众教育馆里等待民众来：来一个，教一个；来两个，教一双；很少自动的到老百姓的队伍里去找学生。那愿意把教育送上门去的更是凤毛麟角了。民众教育还有一个特有的病，那就是尾巴病。民众教育在已往是成了教育之尾巴，排列是尾巴，经费是尾巴尖。社会既以尾巴看待民众教育，民众教育亦不知不觉的以尾巴自居。反过来说，民众教育抬头，也可见民众之抬头。

前几天，蒋委员长巡视湘北遇见民众教育馆，必去观看，可见民众教育之被最高当局重视。

民众教育是一件大事，不可小看，更不可小做。大县一二百万人，小县也一二十万人。一位民众教育馆长假使用民众来动员教育并用教育来动员民众，他和他的同志便能影响而唤起少则一二十万多则一二百万民众，个个知道为中华民国奋斗，愿意为中华民国奋斗，能够为中华民国奋斗，则中华民国自然会活到万万年了。大家要想民众教育抬头，要想中华民国抬头，是必得认清民众教育是一件大事，且要当做一件大事来实践。

民众教育馆的馆字，引起了我的注意。馆（舘）字从官从舍；官舍是官住的地方，好像是一个衙门。民众教育缩有变成一个衙门的危险，但要想把民众教育当作一件大事做，切不可以在衙门里做老爷。官舍还有一个意思，就是看管房子。办民众教育倘使变成只看管民教馆的房子，那也嫌不够。我有意把缩字换个馆字。民众教育馆好一比是一个民众餐馆，前者管民众的文化粮食，后者管民众的身体粮食。民众餐馆要想生意好，必须价廉物美招待周到不需久候，民众教育馆要想做得开，在几方面都要跟民众餐馆学学才好。但是馆字也有毛病，官食可作老爷吃饭讲。倘使办民众教育的老爷只顾着自己的饭碗，而不把精神粮食输送给老百姓，那便是大事小做了。

《战时教育》第5卷第4期（1939年12月25日）

我们的校徽

育才开校之后，将近两个月，大家觉得还缺少一个东西。一天有几位同志正式提出来要一个校徽。图画组主任要求我把主要的意思告诉他使他可以设计。我当时觉得很难，似乎比开创学校还要难些。何以呢？我们需要一个符号，可以代表学习，又可以代表工作，又不脱离现在的任务而可以代表战斗。我们学校的基础是集体生活，也必定要在这符号里表现出来。而且我们又不可关起门来干我们的集体生活。我们的集体生活，是必须与全世界以及整个人类的发展联系起来。我们如果用各种符号堆砌起来表现这许多重要的意义，那也不算很难的工作；但是这样的一个杂货铺的校徽，连自己也不容易看明白；别人见了它更要头昏了。我当时觉得校徽之难就难在简单而符合创校的意义。

一连好多天我是不能交卷。九月三十日，我从金刚碚坐船到白沙沱，在船上有点空闲，可以仔细的对这问题想想。忽然在我的脑海中浮出一个圆圈。这圆圈是求学的符号，因为求学要虚心而且要有相当的空闲。它又是工作的符号，因为工作要不断的努力才能成功。它也是战斗的符号，因为抗战要精诚团结才能得到最后的胜利。

但是这一圆圈虽然把学校生活本身的内容包括无遗，但是如何可以表现它与世界及历史发展之关系呢？我想了一下，觉得必定要三个圆圈连锁起来，才能充分发挥这一切的意义：第一个圆圈代表全校一体，第二个圆圈代表世界一体，第三个圆圈代表古今来一体。

我继续的想下去，愈想愈觉得这三圆圈校徽的意义之丰富。它们所表现出来的意义有：（一）智、仁、勇；（二）真、善、美；（三）工学团；（四）教学做合一；（五）自然、劳动、社会；（六）头脑、双手、机器；（七）迎接困难、分析困难、解决困难；（八）认识社会、适应社会、改造社会；（九）检讨过去、把握现实、创造未来；（十）肯定、否定、否定之否定。……我一时也数不完全。

三个环决定了之后，颜色又成了问题。当初是想采用黑色，因为它表现出钢铁一样的坚强。但是有机体的联系，需要有生命的颜色才能表现出真正的意义。我们的三个环是三个连锁的红血轮代表着有生命的学校、有生命的世界、有生命的历史都联成一体。

《战时教育》第5卷第4期（1939年12月25日）

谈生活教育

——致一位朋友的信

××吾友：

接读十二月十二日手书，知道我们在重庆相左，不能见面谈一谈，那是很可惜的一件事。承你对于生活教育和生活教育者提出一些意见，我们很感谢。你所勉励我们的话，多半是对的，我们是朝着你所指示的路而不断的努力。但是你批评生活教育是有一些不正确。这不能怪你，因为如你所说，你不能把全部生活教育研究之后再提出意见。为着要答复你的好意，我想把我认为不正确的地方提出来和你谈谈。

第一，你说："生活教育者好像不懂得'真正生活教育的实现，只有在没有人剥削人的制度里存在'。"你仔细想过之后，便知道这样的看法，是机械的看法而不是发展的看法，是静态的看法而不是动态的看法，是等待的看法而不是追求的看法。你心里的理想的社会，不是从天上落下来的，而是人类依着历史发展的趋势努力创造出来的。真正的生活教育，自古以来一直存在到今天，即发展到今天，而且还要一直存在下去，发展下去而达到最高的生活即最高的教育。为着最高的目的而忘了发展的过程和为了发展的过程而忘了最高的目的，都是错误。

第二，你说："生活教育者企图不经过突变而欲达到质变。"我们没有这样的企图。除非你所遇到的是没有常识的"生活教育者"。水熟到摄氏一百度，突变而为水蒸气。我们不能幻想着水蒸气而忽视了砍柴、挑水、烧锅的工作。

第三，你说："生活教育者之努力……即使能完成任务，那也只限于一部份被……提拔的'天才者'，群众是没有份的。"这"天才者"大概是指我们所选之具有特殊才能之儿童吧？他们是从难童中选来，不能说他们与民众无关。我们当然不应该为"天才"而办"天才"教育，但是，为着增加抗战建国的力量而培养特殊才能的幼苗，使他们不致枯萎夭折，也是值得做的工作。我们当然不应该教他们做人上人。但是，为着社会进步，让他们依据各人的才能志愿，学做一群人中人，而且把他们的贡献发挥出来以为民众服务，也是值得干的工作。若只注重"天才"教育而忽略一般教育，那是不可以；但是，生活教育者自始就发动普及教育运动，到近来，才感觉到具有特殊才能之儿童之被忽视而开始唤起社会之注意。我们所希望的是："从民众那里来"的"回到民众那里去"。

第四，你说："生活教育者没有把革命与教育联系起来。"这要看你心中的革命是一件什么事？你心中的联系是如何联系法？在我们看来，现在的民族解放斗争是革命的行动！我们以一个民众学术团体，对于团结抗战建国，是用了全副精神参加，不敢有丝毫之懈怠。至于你所说，一个教育者同时应该是一个革命者，我很同意。但我希望补充一句：一个真正革命者，必然是一个真正生活教育者。即使他不承认他是一个生活教育者，按着生活教育的理论说来，他也是一个道地的生活教育者。

第五，你说你的很多朋友，大都不知道生活教育是什么？并且说生活教育的受人忽视的主要原因是，因为缺少革命的联系。生活教育之被一部分人忽视，那的确是事实，但完全归咎于缺少革命的联系，从上面说明看来，也不见得完全对。我想除我们自己力量有限外，生活教育之被人忽视，还有下述之原因：一、过生活而忽视教育的人，必然忽视生活教育。二、受教育或施教育而忽视生活的人，亦必然忽视生活教育。三、忽视民众生活而又忽视民众教育的人，固然不要生活教育而高谈革命理论，而无革命实践的象牙塔里的“革命家”，也无由知道生活教育之宝贵。

末了，你希望我们能够出版一部生活教育大纲。我们正在着手编这样一部集体创作，现在为你参考起见，我想把生活教育的理论提出几个要点和你谈谈。

从定义上说，生活教育是给生活以教育，用生活来教育，为生活向前向上的需要而教育。从生活与教育的关系上说，是生活决定教育。从效力上说，教育要通过生活才能发出力量而成为真正的教育。“教学做合一”，是生活法亦即教育法。为要避免去瞎做、瞎学、瞎教，所以提出“在劳力上劳心”，以期理论与实践之统一。“社会即学校”这一原则，要把教育从鸟笼里解放出来。“即知即传”这一原则，要把学问从私人的荷包里解放出来。“行是知之始，知是行之成”，是教人从源头上去追求真理。工学团或集体主义之自我教育，是在团体生活里争取自觉之进步。“教育是民族解放、大众解放、人类解放之武器。”这种教育观，是把教育从游戏场、陈列室解放出来，输送到战场上去。时间不许我细说，总之，生活教育理论，是半殖民地半封建的中国争取自由平等的教育理论。我希望你把研究之门大开起来。如果有机会，我想和你谈谈。千万不要因为一时之倒霉，少数人之不忠实，就误断一个运动的命运。

《战时教育》第5卷第5期（1940年1月10日）

新武训

武训之所以成为普及教育之义人，是因为他抱着兴义学之宗旨，用整个生命来贯彻它：有钱的不肯出钱办学，他便向他下跪，跪到答应出钱办学才起来；有学问的不肯认真教人，他便向他下跪，跪到答应认真教人才起来；青年小朋友不肯用功求学，他也向他下跪，跪到答应用功求学才起来。他自己则挑水做夜工作自食其力，丝毫不动用讨来的钱。所以他名为乞丐，实在不是乞丐。现在学生仍旧有不用功的，先生仍旧有不认真的，富人小康之家仍旧有不肯出钱兴学的。让我们大家跟武训先生学吧！学他自食其力，学他贯彻宗旨，学他注意后辈之长进，学他看重先生之负责任，学他苦口婆心劝人有力出力、有钱出钱共兴义学。今日大敌当前，如果武训复生，他所要兴办的不可能是旧日之义学，而一定是抗战建国之义学。倘使刻印板去学武训，那又是武训之罪人了。我们所要学的是武训的真精神，配合新时代之需要，普及新义学，以增加抗战建国之力量，这便是我们的责任。怎样叫做新时代的需要呢？中国不能等待数十年出一位武训。我们大家要合起来做集体的武训，孳生千千万万的新武训，来扶助贫苦的小朋友，取得求学机会。我更希望有财富的、有学问的、有青春的都做起新武训来督促自己慷慨出钱，督促自己认真教人，督促自己努力求学，毋须别人来苦劝。这样教育不但容易普及，而真正自由平等幸福的新中国也可以创造成功了。

《战时教育》第6卷第4、5合期（1941年6月1日）

每天四问

今天是本校三周纪念，我有一些意见提出来和大家谈谈，作为先生、同学和工友们的参考。

本校从去年的二周纪念到今年的三周纪念，能在这样艰难困苦中支持了一年，几乎是一个奇迹。这一个奇迹，不是一个人的力量所能够做得出来的，而是全体先生、同学、工友共同坚持，共同进步，共同创造，以及社会关心我们人士的尽力赞助所得来的。

本校在这一年中，好像是我们先生、同学、工友二百人坐在一只船上，放在嘉陵江中漂流，大的漏洞危险虽然没有，但是小的漏洞是出了一些，这些小漏洞也可以变成大漏洞，使我们的船沉没下去的！然而我们的船没有因为这些小漏洞沉没，竟因为我们这些同船的人，一见有小漏洞，即想尽方法用力去堵塞，有时用手去堵，有时用脚去堵，甚至有时用头、用全身的力量去堵，终于把这只船上这些小漏洞堵塞住，而平稳地渡过这一年，达到了目的地。这是一个奇迹，一个共同努力、共同创造的奇迹。

“一切为纪念”，刚才主席说的这一个口号，当然提出的意义是有他的作用的，大家用力对着这一个目的来创造，是很好的。但是我对于这一个口号有点骇怕，骇怕费钱太多，骇怕费力太多，以致精疲力尽，恐怕得不偿失。所以我主张明年四周纪念，要改变方针。我们的成绩。要从明天起，即开始筹备，日积月累、“水到渠成”的成绩。不要再在短期内来多费钱和多费力量，只要到了明年七月一日，开始把平日的成绩装潢一下，便有很丰富的成绩，再不像今年和去年这样忙了。大家也可以很从容很清闲而有余裕的过着四周年纪念。

现在我提出四个问题，叫做“每天四问”。

第一问：我的身体有没有进步?

第二问：我的学问有没有进步?

第三问：我的工作有没有进步?

第四问：我的道德有没有进步?

第一问：我的身体有没有进步?

首先，我们每天应该要问的，是自己的身体有没有进步?有，进步了多少?为什么要这样问?因为“健康第一”。没有了身体，一切都完了！不禁使我想到了去年二周纪念前九日邹秉权同学之死！与今年三周纪念前九日魏国光同学之死！二人之死的日子是恰恰一周年，不过时间上相差八九个钟点罢了。因这两位同学的死，使我联想到，我们必须继续建立“健康堡垒”。要建立健康堡垒，必须注意几点：（一）“科学的观察与诊断”，科学是教我们仔细观察与分析，譬如邹秉权、魏国光两同学之死，尤其是魏国光同学这一次的死，不能不说是我们先生、同学的科学的观察力不够。魏国光同学患的是“蛔虫”症候，他在学校寝室内吐过蛔虫，有同房的同学见到没有报告，先生也没有仔细查看，到了医院又在痰盂中吐过蛔虫，又没有留心注意到，这就是科学重证据的"敏感"，而成为一种不科学的"钝感"了！医生又复大意，则在这种"钝感"之下据之而误断为"盲肠炎"。虽然他腹痛的部位是盲肠炎的部位，但既称为"炎"，就必得发"热"；今既无热，就可以断定不是盲肠炎了。何以需要开刀割治！其实魏国光同学的病症是蛔虫积结在肠胃内作怪，不能下达，而向上冲吐了出来！如果，把这吐过蛔虫的证据提出来，医生一定不致遽断为盲肠炎，而开刀，而发炎，而致命！因为魏国光同学之死，我们必须提高"科学的警觉性"。以后遇病，必要拿出科学上铁一般的证据来，才不致有错误的诊断而损害了身体。否则，都有追踪邹秉权、魏国光两同学之死的危险！所以提高科学的警觉性，是保卫生命的起码条件。最重要还是要用科学的卫生方法，好好的调节自己的身体，不使生病！科学能教我们好好的生活、生存！我们今后应该多提高科学的知能，向着科学努力，努力建立科学的健康堡垒，以保证我们大家的健康和生命。（二）"饮食的调节与改进"，我这次去重庆，因事到南岸，会到杨耿光（杰）先生，杨先生是我们这一年来，经济助力最多最出力的一位热心赞助者。顺便谈到儿童和青年的营养问题，杨先生提到德国对于儿童和青年的营养问题，是无微不至的。德国有一位大学教授，对于自己儿子的营养，说过这样一段话："我为什么有这样好的身体，可以担任这样繁重的事情？就是我的父母把我从小起的营养就调节配备得好，所以身体建筑得像钢骨水泥做的一样。身体建筑最好的材料是牛肉，所以我决定每天要给我的儿子吃半斤牛肉，一直到二十五岁，就能够把他的身体建筑成为钢骨水泥做成的一样，可以和我一样担任繁重的大事了。”纳粹德国政府，对于全国儿童及青年身体健康的营养，是无微不至。我们今天关于营养的问题提到德国，并不是要像纳粹德国一样，把儿童和青年的身体培养得坚实强健，然后逼送他们到前线上去当侵略者的炮灰！但是这种注重新生一代的儿童和青年营养问题的办法，是值得注意的。就是苏联，是社会主义的国家，对于儿童和青年的营养问题，也是无微不至的，所以它在一切建设上，在抵抗侵略上，到处都表现着活跃的民族青春的活力。其他许多国家政令中亦多注意到儿童和青年的营养问题。我们在今天提出营养问题来，就是为着现在和将来人人能够出任艰巨。悬此为的，以备改进我们的膳食，为国家民族而珍重着每一个人的身体的健康。（三）“预防疲劳的休息”，“饱食终日，无所用心”固然不对，但是过分的用功、过分的紧张劳苦工作，也于一个人身体的健康有妨害。妨害着脑力的贫弱，妨害着体力的匮乏，甚至于大病，不但耽误了学习和工作，而且减损及于全生命的期限！所以我在去年早已提出“预防疲劳的休息”问题，今天重新提出，希望大家时时提示警觉，预防疲劳，不致使身体过分疲劳。天天能在兴致勃勃中工作学习，健康必然在愉快中进步了。至于已经有人过分疲劳了，要快快作“恢复疲劳的休息”。适当的休息，是健身的主要秘诀之一，万不可忽略。忽略健康的人，就是等于在与自己的生命开玩笑。（四）“用卫生教育代替医生”，卫生的首要在预防疾病。卫生教育就在于教人预防疾病，减少疾病。卫生教育做得好，虽不能说可以做到百分之百不生病的效果，但至少是可以减少百分之九十的病痛。其余在预防意料之外而发生的只有百分之十的病痛，可是已经是占着很少成分，足以见出卫生教育效力之大了。以现在学校的经济状况说来，是难以支出两三千块钱来请一个医生。我们的学校是穷学校，中国的村庄是穷村庄。我们学校是二百人，若以五口之家计算，是等于一个四十户人家的村庄。若以这个比例来计算，全中国约有一百万个村庄，每村需要请一个医生，便需要有一百万个医生。现在中国的人力和经济力都不允许这样做，不能够这样做，所以我们学校也就决定不这样做，决定不请医生。我们要以决心推进卫生教育的效力来代替医生，以保证健康的胜利。以卫生教育代替医生，在两月前，我已有信来学校，提出十几条具体事实来，希望照行。现在想来，还是不够，需要补充。待补充之后，提交校务会议商决进行。但是今天在此先提出来告诉大家，希望大家多多准备意见、贡献意见。在建立“科学的健康堡垒”上多尽一份力量，便是在卫生教育施行上多一份力量，卫生教育胜利上多一份保证。大家都成为建立“科学的健康堡垒”的主要的成员之一、健将之一，共同来保证“健康第一”的胜利。

第二问：我的学问有没有进步？

其次，我们每天应该问的，是自己的学问有没有进步？有，进步了多少？为什么要这样问？因为“学问是一切前进的活力的源泉”。学问怎样能够进步？重要在有方法研究。现在我想到有五个字，可以帮助我们学问易于进步。那五个字呢？

第一个，是“一”字。一是“专一”的一。荀子说：“好一则博。”这句话是很有精义的。因为有了一个专一的问题做中心，从事研究，便可旁搜广引，自然而然的广博起来了。我看世界名人学者对于治学的解释，尚少如此精约的。治学必须“专一”的“一”，这是天经地义的了。“专一”在英文为Concentration，我们对于一件事物能够专心一意的研究下去，必然能够有一旦豁然贯通之时。所以我希望有能力研究的先生和同学，必须择定一个题目从事研究，即使是一个很小的问题，也可以研究出很深刻很渊博的大道理来。于人于己都可得到切实的益处，而且可能有大的贡献。

第二个，是“集”字。集是“搜集”的集。集照篆字的写法，是这样“集”，好像许多钩钩一样。我们研究学问有了中心题目，便要多多搜集材料，像“集”的篆写一样，用许多钩钩到处去钩，上下古今，左右中外的钩，前前后后，四面八方的钩，钩集在一起来，好细细研究。集字在英文为Collection，我们有了丰富的材料，便可以源源本本的彻头彻尾的来研究它一个明明白白，才能够真正理解这个问题的症结所在，才能够“迎刃而解”，才能够收得“水到渠成”的效力。. 所以我希望大家对于每一个问题，都必须多多搜集材料，以便精深的精益求精的研究。在研究上发生力量，在研究上加强创造力量，集体创造，共同创造，在创造上建立起我们事业的新生命，树立起我们事业的新生机，稳定我们事业的新基础。

第三个，是“钻”字。钻是钻进去的钻，就是深入的意思。钻是要费很大的力量，才能够钻得进去，深入到里面去，看得清清楚楚，取得了最宝贵的宝贝。做学问虽不能像钻东西那么钻，但是能够用最好的方法，也可以很快钻进去。我在英国，参观一个金矿，他们开采的机器，是运用大气的压力来发生动力的。我见到他们开采的速度，是比现代所称的“电化”的电力，还不知要增加若干倍咧。我们做学问也是一样，如果我们能够在学术气氛中的大气压力下，发生动力去钻，一定能够深入到里面去，探获学问的根源奥妙与诀窍，而必有很好的收获。“钻”字在英文为Penetration。所以我希望大家对于一个问题拿定了，便要尽力向里面钻，钻出一大套道理来，使我们学术气氛有着飞跃的进步。

第四个，是“剖”字。剖是“解剖”的剖，就是“分析”的意思。有些材料钻进去还不够，必须解剖出来看它的真伪，是有用的还是有毒素的，以便取舍，清化运用。“剖”字在英文为Analysis。所以我希望大家对于每一个问题搜集得来的材料，除了钻进、深入之外，必须更加着意做一番解剖的工夫，分析入微，如同在解剖刀下，在显微镜下，看得明明白白，分析得清清楚楚，真的有用的没有毒素的就拿来运用；如果是假的有毒素的就舍去抛掉不用。如此，鉴别材料，慎选材料，自然因应适宜了。

第五个，是“韧”字。韧是坚韧，即是鲁迅先生所主张的“韧性战斗”的韧。做学问是一种长期的战斗工作，所以必须有韧性战斗的精神，才能够在长期战斗中，战胜许许多多困难，化除种种障碍，开辟出一条新的道路，走入新的境界。“韧”字在英文中尚难找得一个适当的字来翻译，勉强可以译为Toughness。所以我希望大家在做学问上，要用韧性战斗的精神，历久不衰的、始终不懈的坚持下去，终可达到“柳暗花明又一村”的境界。

我想我们每一个人，能把“一”“集”“钻”“剖”“韧”五个字做到了，在做学问上一定有豁然贯通之日，于己于人于社会都有贡献。

第三问：我的工作有没有进步？

再次，我们每天要问：自己担任的工作有没有进步？有，进步了多少？为什么要这样问？因为工作的好坏影响我们的生活、学习都是很大的。我对于工作也提出几点意见，以供大家参考。

第一点最要紧的，是要“站岗位”。各人所负的责任不同，各人有各人的岗位，各人应该站在各人自己的岗位上，守牢自己的岗位，在本岗位上努力，把本岗位的职务做得好，这是尽责任的第一步。我最近在想，人人应该有“站岗位”的教育。站牢在自己的工作岗位上，教育自己知责任，明责任，负责任——教育着自己进步。

第二点最要紧的，是要“敏捷正确”。人常说，做事要“敏捷”，这是对的。但我觉得做事只是做到敏捷还不够，敏捷是敏捷了，因敏捷而做错了怎么办？所以敏捷之下必须加上“正确”二字，工作敏捷而正确才有效力。一件工作在别人做起来需要四小时，你只要二小时或三小时就做好了，而且做得很正确，这才算是工作的效力。工作怎样能够做得敏捷正确呢？这就要靠熟练与精细。粗心大意是最易弄错弄坏事情的。做事要像做算术的演算草一样，要演得快演得正确。

第三点最要紧的，是要“做好为止”。有些人做事，有起头无煞尾，做东丢西，做西丢东，忙过不了，不是一事无成，就是半途而废。我们做事要按照计划，依限完成，就必须毅力坚持，一直到做好为止。

第四问：我的道德有没有进步？

最后，我们每天要问的，是自己的道德有没有进步？有，进步了多少？为什么要这样问？因为道德是做人的根本。根本一坏，纵然使你有一些学问和本领，也无甚用处。否则，没有道德的人，学问和本领愈大。就能为非作恶愈大，所以我在不久以前，就提出“人格防”来，要我们大家“建筑人格长城”。建筑人格长城的基础，就是道德。现在分“公德”和“私德”两方面来说。

先说“公德”。一个集体能不能稳固，是否可以兴盛起来？就要看每一个集体的组成分子，能不能顾到公德、卫护公德来衡量它。如果一个集体的组成分子，人人以公德为前提，注意着每一个行动，则这一个集体，必然是日益稳固、日益兴盛起来。否则，多数人只顾个人私利，不顾集体利益，则这个集体的基础必然动摇，并且一定是要衰败下去！要不然，就只有把这些不顾公德的分子清除出这个集体，这个集体才有转向新生机的希望。所以我们在每一个行动上，都要问一问是否妨碍了公德？是否有助于公德？妨碍公德的，没有做的即打定决心不做，已经开始做的，立刻停止不做。若是有助于公德的，大家齐心全力来助他成功。

再说“私德”。私德不讲究的人，每每就是成为妨害公德的人，所以一个人私德更是要紧，私德更是公德的根本。私德最重要的是“廉洁”，一切坏心术坏行为，都由不廉洁而起。所以我在讲“建筑人格长城”的时候，提到了杨震的“四知”，甘地的漏夜还金，华盛顿的勇敢承认错误，和冯焕章先生所讲的平老静

“还金镯”的故事，这些，都是我们大家私德上的好榜样。我们每一个人都可以效法这些榜样，把自己的私德建立起来，建筑起“人格长城”来。由私德的健全，而扩大公德的效用，来为集体谋利益，则我们的学校必然的到了四周年，是有一种高贵的品德成绩表现出来。

我今天所讲的“每天四问”，提供大家作为进德修业的参考。如果灵活运用的行到做到，明年今日四周纪念的时候，必然可以见出每一个人身体健康上有着大的进步，学问进修上有着大的进步，工作效能上有着大的进步，道德品格上有着大的进步，显出“水到渠成”的进步，而有着大大的进步。

《生活教育》新第4—7合期（1947年7月15日）

创造宣言

创造主未完成之工作，让我们接过来，继续创造。

宗教家创造出神来供自己崇拜。最高的造出上帝，其次造出英雄之神，再其次造出财神、土地公、土地婆来供自己崇拜，省事者把别人创造现成之神来崇拜。

恋爱无上主义者造出爱人来崇拜。笨人借恋爱之名把爱人造成丑恶无耻的荡妇来糟踏，糟踏爱人者不是奉行恋爱无上主义，而是奉行万恶无底主义的魔鬼，因为他把爱人造成魔鬼婆。

美术家如罗丹，是一面造石像，一面崇拜自己的创造。

教育者不是造神，不是造石像，不是造爱人。他们所要创造的是真善美的活人。真善美的活人是我们的神，是我们的石像，是我们的爱人。教师的成功是创造出值得自己崇拜的人。先生之最大的快乐，是创造出值得自己崇拜的学生。说得正确些，先生创造学生，学生也创造先生，学生先生合作而创造出值得彼此崇拜之活人。倘若创造出丑恶的活人，不但是所塑之像失败，亦是合作塑像者之失败。倘若活人之塑像是由于集体的创造，而不是个人的创造，那末这成功失败也是属于集体而不是仅仅属于个人。在一个集体当中，每一个活人之塑像，是这个人来一刀，那个人来一刀，有时是万刀齐发。倘使刀法不合于交响曲之节奏，那便处处是伤痕，而难以成为真善美之活塑像，在刀法之交响中，投入一丝一毫的杂声，都是中伤整个的和谐。

教育者也要创造值得自己崇拜之创造理论和创造技术。活人的塑像和大理石的塑像有一点不同，刀法如果用得不对，可以万像同毁，刀法如果用得对，则一笔下去，万龙点睛。

有人说：环境太平凡了，不能创造。平凡无过于一张白纸，八大山人挥毫画他几笔，便成为一幅名贵的杰作。平凡也无过于一块石头，到了飞帝亚斯、米开朗基的手里可以成为不朽的塑像。

有人说：生活太单调了，不能创造。单调无过于坐监牢，但是就在监牢中，产生了《易经》之卦辞，产生了《正气歌》，产生了苏联的国歌，产生了《尼赫鲁自传》。单调又无过于沙漠了，而雷塞布（Lesseps）竟能在沙漠中造成苏彝士运河，把地中海与红海贯通起来。单调又无过于开肉包铺子，而竟在这里面，产生了平凡而伟大的平老静。

可见平凡单调，只是懒惰者之遁辞。既已不平凡不单调了，又毋需乎创造。我们是要在平凡上造出不平凡；在单调上造出不单调。

有人说：年纪太小，不能创造。见着幼年研究生之名而哈哈大笑。但是当你把莫扎尔特、爱迪生及冲破父亲数学层层封锁之帕斯加尔（Pascal）的幼年研究生活翻给他看，他又只好哑口无言了。

有人说：我是太无能了，不能创造。但是鲁钝的曾参传了孔子的道统，不识字的慧能，传了黄梅的教义。慧能说：“下下人有上上智。”我们岂可以自暴自弃呀！可见无能也是借口。蚕吃桑叶，尚能吐丝，难道我们天天吃白米饭，除造粪之外，便一无贡献吗?

有人说：山穷水尽，走投无路，陷入绝境，等死而已，不能创造。但是遭遇八十一难之玄奘，毕竟取得佛经；粮水断绝，众叛亲离之哥仑布，毕竟发现了美洲；冻饿病三重压迫下之莫扎尔特，毕竟写出了《安魂曲》。绝望是懦夫的幻想。歌德说：没有勇气一切都完。是的，生路是要勇气探出来，走出来，造出来的。这只是一半真理。当英雄无用武之地，他除了大无畏之斧，还得有智慧之剑、金刚之信念与意志，才能开出一条生路。古语说，穷则变，变则通。要有智慧才知道怎样变得通，要有大无畏之精神及金刚之信念与意志才变得过来。

所以，处处是创造之地，天天是创造之时，人人是创造之人，让我们至少走两步退一步，向着创造之路迈进吧。

像屋檐水一样，一点一滴，滴穿阶沿石。点滴的创造固不如整体的创造，但不要轻视点滴的创造而不为，呆望着大创造从天而降。

东山的樵夫把东山的茅草割光了，每上泰山割茅草，泰山给他的第一个印象是：茅草没有东山多，泰山上的“经石峪”“无字碑”；“六贤祠”“玉皇顶”；大自然雕刻的奇峰、怪石、瀑布；豢养的飞禽、走兽、小虫和几千年来农人为后代种植的大树，于他无用，都等于没有看见。至于那种登泰山而小天下之境界，也因急于割茅草而看不出来。他每次上山拉一堆屎，下山撒一泡尿，挑一担茅草回家。尿与屎是他对泰山的贡献，茅草是他从泰山上得到的收获。茅草是平凡之草，而泰山所可给他的又只有这平凡之草，而且没有东山多，所以他断定泰山是一座平凡之山，而且从割草的观点看，比东山还平凡，便说了一声："泰山没有东山好。"茅草中有一棵好像是先知先觉的树苗，听他说："泰山没有东山好。"想到自己老是站在寸土之中，终年被茅草包围着，陡然觉得平凡、单调、烦闷、动摇，幻想换换环境。一根树苗如此想，二根树苗如此想，三根树苗如此想，久而久之成趋向，便接二连三的，一天一天的，听到树苗对樵夫说："老人家，你愿意带我到东山去玩一玩么？"樵夫总是随手一拔，把它们一根一根的和茅草捆在一起，挑到东山给他的老太婆烧锅去了。我们只能在樵夫的茅草房的烟囱里偶尔看见冒出几缕黑烟，谁能分得出那一缕是树苗的，那一缕是茅草的化身？

割草的也可以一变而成为种树的老农，如果他肯迎接创造之神住在他的心里。我承认就是东山樵夫也有些微的创造作用——为泰山剃头理发，只是我们希望不要把我们的鼻子或眉毛剃掉。

创造之神！你回来呀！你所栽培的树苗是有了幻想，樵夫拿着雪亮的镰刀天天来，甚至常常来到树苗的美梦里。你不能放弃你的责任。只要你肯回来，我们愿意把一切——我们的汗，我们的血，我们的心，我们的生命——都献给你。当你看见满山的树苗在你监护之下，得到我们的汗、血、心、生命的灌溉，一根一根的都长成参天的大树，你不高兴吗？创造之神！你回来呀！只有你回来，才能保证参天大树之长成。

罗丹说："恶是枯干。"汗干了，血干了，热情干了，僵了，死了，死人才无意于创造。只要有一滴汗，一滴血，一滴热情，便是创造之神所爱住的行宫，就能开创造之花，结创造之果，繁殖创造之森林。

《育才学校手册》（1944年1月时代印刷出版社版）

民主教育之普及

民主教育一方面是教人争取民主，一方面是教人发展民主。在反民主的时代或是民主不够的时代，民主教育的任务是教人争取民主；到了政治走上民主之路，民主教育的任务是配合整个国家之创造计划，教人依着民主的原则，发挥各人及集体的创造力，以为全民造幸福。

无论是争取民主或是发展民主，都要靠广大人民的群策群力才会成功。这广大人民在数量上是愈广大愈有力量，在认识上是认识得愈深刻愈有力量。因此民主教育需要普及。我们所要普及的是救命的民主教育，要全国老百姓无论男女、老少、贫富都能很快的得到救命的民主教育。

但是中国现在还是一个农业国，大家靠着一双手和锄头、斧头生产，所以生活是穷苦得很。尤其是经过一百年的帝国主义侵略，三十多年的内战和八年的抗战弄得万分穷苦。我们要在穷社会里找出穷办法来，教一切穷人都得到教育，得到丰富的教育，得到民主的教育，才算是达到了我们普及教育的目的。

大概是六年前，我在成渝公路上的来凤驿住了一晚。吃晚饭的时候，有一群苦孩子来到面前讨饭，我们就把吃不完的饭菜统统给了他们。他们高兴地吃完之后，还是站在门口玩耍闲谈。

我乘这个机会，点着他们好学的火焰。我问："你们如果愿意读书，我很愿意帮你们的忙。""愿意，我们没有书。"我指着对门一块招牌"中华餐馆"说："这就是书。"又指着另一块招牌"民国饭店"说："那也是书。"我便引导他们开始读书：

"中华餐馆，民国饭店；

中华民国，中华国民；

中国，国民；

（我是）中华国民，（我爱）中华民国。"

读完，我看见一个标语："有力出力，有钱出钱。"于是又开始引导他们读第二课。

"有力出力，有钱出钱。"

"有力出力（又）出钱，有钱（不）出钱（又）（不）出力。"

读完了，我问："要不要学写字？"一个小孩子说："没有笔。"我拿出我的右手的第二个指头说："这就是笔。"又一个小孩子说："没有纸。"我拿出左手的手掌说："这就是纸。"于是我就教大家学写字。对着招牌和标语学写，写了四五次，我又叫他们围在一张八仙桌的周围，看我在桌上写字，然后让他们自己在桌上学写。每人都用指头，沾点清水在桌上写，读的字都会写了。后来，我想把这工作继续下去，就教他们组织起来，推举了一个聪明而能干的小孩做队长，带领着别的小孩每天在街上学习，并公请我住的旅馆老板做先生，这组织与推举也可算是一点民主教育。这办法算是顶穷的办法了。但是来凤驿的十几位苦孩子便因此而受了民主教育的洗礼，并因此而立下继续求学的原始组织。只要知识分子念头一转，肯帮助人好学，不须花费一个钱，便可以帮助老百姓识字，受到民主的教育。如果全国八千万识字的人都肯这样做，都肯即知即传，而且跟他们学的人也即知即传，那四万万五千万人的普及民主教育不是有了办法吗？因此动员这八千万识字的人来进行普及民主教育是一件顶大的事，也是一件可能做到的事。教人，好学，都是传染的，等到大家都传染了教人、好学的习惯，便教人、好学成了瘾，整个中华民族便成了一个教人、好学的民族，万万年的进步是得到了保证。古人云：学然后知不足。一个人感到不足，他便要向高处追，向深处追，是不会有止境了。因此民主教育不但可能做到全面普及，并且可能做到立体的普及。

《民主教育》第2期（1945年12月1日）

社会大学运动

社会大学有两种：一是有形的社会大学；二是无形的社会大学。社会大学运动是要把有形的社会大学普及出去，并且要给无形的社会大学一个正式的承认，使每一个人都承认这无形的社会大学之存在，随时随地随事进行学习。

无形的社会大学，是只有社会而没有“大学”之名。它是以青天为顶，大地为底，二十八宿为围墙，人类都是同学，依“会的教人，不会的跟人学”之原则说来，人类都是先生，而且都是学生。新世界之创造，是我们的主要的功课。无形的社会大学，虽无社会大学之名，实实在在它是一个最伟大的大学，最自由的大学，最合乎穷人需要的大学。我们穷人一无所有，有则只有这样一个社会大学。这无形的社会大学既然是我们的，我们就应该承认它，认识它，把它当作我们自己的宝贝，运用它来教育我们自己，使自己和同伴近邻养成好学的习惯，活到老，学到老，进步到老。把这个意思打进每一个人的心里，是社会大学运动的第一个任务。

当黄齐生先生参加中华职业教育社的一个会议的时候，他在名单上是列为第一名。有些青年干部不服气质问主席说，黄先生是那个大学毕业的？江问渔先生回答：“黄先生是社会大学毕业生。”大家才没有话说。江先生所说的社会大学，便是我所指的无形的社会大学。黄齐生先生既因这无形的社会大学而有所成就，让我们大家都紧紧的把握着这个大学来进行学问，追求真理，以为老百姓服务。

有形的社会大学是夜大学、早晨大学、函授大学、新闻大学、旅行大学、电播大学。

重庆开办的社会大学，是夜大学，纯粹由职业青年自动创办的。有些地方的职业青年，早晨要到九点钟才上工。早晨可以进行二三小时的学习，便可以开办早晨大学，以应这种青年之需要。

可能进夜大学、早晨大学的青年，依我估计中国足足有四百万人。每年高中毕业生有十一万人，能考取正式大学者只有一万多人，那末每年就是九万多人不得其门而入。人生从十六岁到四十岁，至少应该努力学习。这样算来便有二百十六万人，除去死亡害病十六万，应有二百万高中毕业生，要求社会大学予以进修的机会。

此外还有大学一年级、二年级、三年级删下来而不得不找工作养活自己的青年。还有受过大学四年级教育的人，而觉得时代已经变动需要再学习。还有大群的自学青年，倘使得到社会大学的便利，进步可能更为迅速。只要能听讲而又能记笔记，便有入学资格。这样估计起来，至少再加二百万人，因此，我估计中国全国有四百万职业青年需要社会大学帮助他们进修。我们应该在全国展开社会大学运动，在各大都市建立夜大学早晨大学，来应济这广大的需要。正统大学能附设夜大学、早晨大学固然可以，但是单独设立尤有必要。它可以由职业青年、进步学者或热心社会人士分头或合力发起组织。一切要简而易行，不要让自己的幻想、野心把办法弄得太困难，而阻碍了发展与普及。普及与发展夜大学、早晨大学，是社会大学运动的第二个任务。

至于函授大学、电播大学，是要集中的办。旅行大学，包括海陆空三方面。新闻大学，是以好报为中心，辅以好杂志，并助以经常的座谈会。把这几种事业有效的办起来，是社会大学运动的第三个任务。

社会大学，无论有形的无形的，要有一个共同的大学之道。孔子的大学之道是，在明明德，在新民，在止于至善。现在时代不同了，我们提议修改几个字，成为：

“大学之道：在明民德，在亲民，在止于人民之幸福。”

社会大学之道，首先要明白人民的大德。人民的大德有四：（一）是觉悟。人民要觉悟中华民国是一个大公司，个个国民都是老板：男的是男老板，女的是女老板，大的是大老板，小孩是小老板。（二）是联合。做老板要有力量，力量从联合而来。不联合没有力量，凶恶的伙计是不会理睬我们的！所以要联合，四万万五千万人要联合起来做老板才行。（三）是解放。有了力量便需进行解放。我们要联合起在进行解放的斗争中增长我们的力量。我们要学习争取六大解放：（1）头脑解放；（2）双手解放；（3）眼睛解放；（4）嘴解放；（5）空间解放；（6）时间解放。（四）是创造。解放出来的力量要好好的用，用在创造上，创造新自己，创造新中国，创造新世界。

社会大学之道，要亲近老百姓。我们认为亲民的道理，比新民的道理来得切。我们要钻进老百姓的队伍里去和老百姓亲近，变成老百姓的亲人，并且要做到老百姓承认我们的确是他们的亲人。

社会大学之道，是要为人民造幸福。一切的学问，都要努力向着人民的幸福瞄准。所谓人民的幸福，用老百姓自己的话说便是福禄寿喜。照着人民所愿望的福禄寿喜四大幸福进行，我们的学习才于人民有益，才配称为社会大学。也只有社会大学与人民幸福打成一片，而后社会大学运动才为人人应该参加的富有意义的大运动。

《陶行知教育论文选辑》（1947年民联书局版）

教育生活漫忆

我开始感觉民主教育的必要而予以实践以来，已经有了十九年。回想起来，这是一段压迫和艰难的历史。现在，中国因团结和苦斗粉碎了日本法西斯侵略者的野心。在某种意义上，中国真正的民主教育，可以说是最近才渐入轨道。

在日本，大部分的日本人差不多都识字，可是以前的日本却有重要的东西缺乏着——就是民主的成分。缺少了民主的成分，就是日本不幸的根源啊。总之，中日两国真正的民主教育的发展是有待于今日的。当新的民主教育开始时——日本不仅识字者多，由于此次战败的法西斯势力也已打倒，所以有利于日本的地方不少。可是中国呢？民主教育和识字运动仍需要并行兼施。中国民主教育前途的难关较日本多呢。

日本，它已经有相当的基础，所以只要确定一个新的方针就可以，要紧的是确定了之后不要动摇。

晓庄学校时代

我对于“普及教育”和“民主教育”问题，开始注意是在民国七、八年的时候，民国十六年才有了一个组织。

当初我们展开的是“乡村教育”运动，民国十六年在南京和平门外，创设了晓庄学校，目的是号召全国造成一百万个乡村教师，使他们从事普及乡村教育的工作。

民国八年，我作关于《生活教育》的演讲，并确定意为：（一）生活的教育；（二）为生活而教育；（三）为生活的提高、进步而教育。十六年对于“生活教育”更进一步地定义成为：（一）人民的教育；（二）人民教育人民；（三）人民为自己生活的提高、进步所希求的教育三项。因为中国人口的四分之三都住在农村，经营农业，所以普及“人民的教育”的运动也就和乡村教育运动没有什么不同。

由于民国十六年以来的教育运动的经验，我们发现了若干道理。

第一、我们觉悟到过去的教师仅停滞在狭义的教育范围内是不够的，因为教师也有体力——有手也有脚，具有足够的劳动能力；同时农民也不应该只是默默地劳动，应该有思想的必要。总之，我们觉悟到了思想和生活的具体的关联性。

我们发现了手和脑若能打成一片，农民和工人始能成为革命的农民和革命的工人。而教育者获得了头脑和手脚的同盟，始能成为一个有创造能力的学者。

第二、我们觉悟到教学的本质是学习，而“学习”也就是实践，学而后能教人。这一点，就是说教学做合一。

所谓“做”是包涵广泛意味的生活实践的意思。而学习或是教学，不是片段而是一个整体，要教学必须先有手和脑的结合与思想和生活的合一，换句话说不单是要“劳力”同时也要“劳心”。

在这样意义的教育运动的实践中，感到学校教育的狭隘性是当然的。因此遂发现了第三个道理，就是为要真正地教育，必须做到“社会即是学校”这一点。整个乡村是我们的学校，扩大之，整个中国是我们的学校，更扩大之，整个世界乃至于宇宙都是我们的学校。

这样说来，单靠一个学校推动教育工作是不可能的。在整个教育过程中的学校，好像是整个房子当中的客厅。对教育——即教学范围的观念，这么一扩大，学校自然也很广大了，教师也多，功课也繁，至于学生的范围也就更多了。因而教育的效果也就更实在了。

总而言之，我们创办晓庄学校的目的，当初在于知识分子和农民之间的接触和结合，可是后来这两者的关系发生了很大的变化。根据我们的道路可以这样说：由（一）生活即是教育发展到（二）教学做合一；然后更发展到（三）社会即学校。

革新教育运动和民主运动有什么关系呢？农民和工人在这过程当中渐渐地认教育家为最可亲的友人，在这一点上有非常重要的意义的。

我们在晓庄学校里所施行的教育，因种种的关系终难以推广和实现，学校也就不得已而停办了。不过这却更坚定了我们的“社会即学校”的信念，更为了“打入整个社会”而继续努力了。

工学团的创始和小先生运动

“一·二八”战事爆发，我除了积极地参加对于日本帝国主义的反侵略斗争外，深深地感到普及教育的使命更加重要。因之，更发现了另一个新的原因，这是我特别地要告诉你的。

中国原是个穷国，所以教育也要采用“穷办法”。我是顾到这点才展开小先生运动的。可是这小先生运动不是忽然地想起来的。乃是在民国十一年提倡“平民教育”的时候，我有五十七岁的母亲，她有一个愿望，要学《平民千字课》。我和我的妹妹每天忙于推广我们的运动，连给母亲教千字课的时间也没有，结果我就教才六岁的孩子小桃教他的祖母读千字课。因为小桃在那个时候已经读熟了千字课第一册。这大胆的尝试居然成功了，祖母和她的孙子，或戏玩或读书，兴趣愈来愈好，一个月后竟读完了第一册。当我的母亲读书的第十六天，我到张家口旅行，用千字课中的文字给他写一封信，母亲接到了，竟很容易地念完了。回想当时，觉到那件事的本质里面包含着重大的意义。

“一·二八”战争以后，小先生运动却成了全国性的运动而发展下去了。

我们在上海郊外的大场镇，提出了“工以养生，学以明生，团以保生”的口号，经营着山海工学团。可是我们绝没有偏重于劳作技术的传播，却以受教育的人投入民间，把整个社会当做学校，以提高整个社会的教养水准为目标，而传播者就是小先生。在大场镇附近有二十五个村庄，一直到沦陷为止，那些小先生们都为了普及教育的工作而在奋斗。当时，在上海特别市区、俞塘、高桥、旧公共租界、旧法租界以及山海工学团里，已有了一万多的小先生在活动。

工学团具体的教育方法，是由每一个教师担任指导四十个学生，教育他们怎样在校外教穷人和穷孩子们认识文字。这就是把学校当作发电机，学生当作电线，两者打成一片点亮电灯（即大众教育）的运动。换句话说就是把社会和学校完全有机地予以统一的。

由小先生在“即知即传”的口号下传播给农民、劳工、妇女们，他们马上就当“传递先生”再传给别人去。

在以前是以教育发动民众，后来则由农民、工人、妇女自动地发动教育。

工学团打入城市　　发展到社会大学

从“九一八”，日本法西斯变本加厉地伸出它的魔手的时候起，一向在农村里工作的我们，才发展到大都市。我们的工学团也就在上海的北新泾、杨树浦、静安寺、曹家渡、浦东等地开辟了工作的据点，组织了不同的工学团，有儿童工学团，也有报贩的工学团，也有妇女的工学团等等各色各样的，它们都是半工半学，学了以后再传给别人的。

我们的最后目的是：

培养求学的嗜好，造成好学的民族。

培养教人的嗜好，造成诲人不倦的民族。

我们的学校（社会即是学校）并无年龄上的限制，是永远学而不倦，好学以至于死为目标的最高学府，是社会大学，是人民的大学。

《陶行知先生纪念集》（1946年底生活教育社自刊）

最后一封信（节选）

——致育才学校全体师生

诸位同志：

七月十三日的信刚才收到，至为感谢。下关事件发生后，也接到你们慰问的信，大家，尤其是我，从这些信里，得到了无上的鼓励，使我知道我努力的方向没有错，也不是孤军奋斗。从重庆来的报告都使我兴奋。由于各位同志、同学、工友的集体合作，育才是比我在渝时办得精神好，我在此向大家致敬。

公朴去了，昨今两天有两方面的朋友向我报告不好的消息。如果消息确实，我会很快地结束我的生命。深信我的生命的结束，不会是育才和生活教育社之结束。我提议为民主死了一个就要加紧感召一万个人来顶补，这死了一百个就是一百万人，死了一千个就是一千万个人。我们现在第一要事是感召一万位民主战士来补偿李公朴先生之不可补偿之损失。只有这样才是真正的追悼。平时要以“仁者不忧，智者不惑，勇者不惧，达者不恋”的精神培养学生和我们自己。有事则以“富贵不能淫，贫贱不能移，威武不能屈，美人不能动”相勉励。前几天，女青年会在沪江大学约我演讲《新中国之新教育》，我提出五项修养：一为博爱而学习，二为独立而学习，三为民主而学习，四为和平而学习，五为科学创造而学习。这些也希望大家共勉并指教。

我这封信是写给全体的。

敬颂康健！

陶行知

七月十六日

《育才学校》（1951年4月教育书店版）